横光利一と大津

河瀬文太郎

サンライズ出版

はじめに

横光利一の代表作である『旅愁』が原典のまま（占領軍の査閲もなく）、初めて岩波文庫の一冊として発行されたのは未だ新しく平成二八年（二〇一六）の夏である。横光利一の没後既に七十年がたっているが、『旅愁』が昭和期を代表する日本文学の古典として認められ、作家横光利一の誠実素朴な人柄と併せて、広く読み継がれてゆくことだろう。同時に、利一没後も横光文学の研究は専門家によって現在まで行われてきている。一方、父の郷里大分県宇佐市、母の郷里であり利一が小学校に在籍した三重県伊賀市柘植町、中学を過ごした伊賀上野、再婚した妻の郷里であり疎開先でもある山形県鶴岡市などでは、それぞれの地元の愛好者に依って現地の記録の収集や記念碑の建立が行われており、柘植では洋燈公園まで設けられている。

滋賀県大津市は、利一が小学校に上がって以来、父を含め家族と団欒して暮らした唯一の街であり、早稲田休学時代も大半を過ごして、本格的に小説で身を立てることを志した街でもある。また、先妻キミとわざわざ選んで逗留していることからも、利一にとっては忘れ難い街であり、その後も度々この地を訪ねている。しかし、大津市には横光利一の足跡は何ひとつ残っていないし、勿論記念すべき碑もない。

私は、利一が私と同じ西尋常小学校の卒業生であることを知って以来、なんとなく気になって、かねてから利一の大津関係の記録に役立ちそうな文献をメモしてきたが、昨今の変貌著しい大津の街の様子を見聞きするにつけ、門外漢である身を省みず、今のうちに纏めておいた方がよいと思うようになった。

私は昭和七年(一九三二)生まれで、昭和一九年(一九四四)三月に西小学校(当時は長等国民学校)を卒業、昭和二九年(一九五四)三月に大津を離れて東京に移るまではずっと大津で過ごしてきたし、父母も大津の出身なので、利一が大津に関係した明治三七年(一九〇四)から大正一三年(一九二四)にかけての記憶や感触は比較的濃いものがある。しかし、私が大津を離れた後の発展した大津の知見が殆ど無いため、却って利一の大津時代の記録を纏めるのに適しているのかもしれない。例えば、町名は利一の時代と同じでないとピンと来ない。

利一と大津について語る場合、最初に父横光梅次郎の生涯について述べることは、四回に亘る大津在住の合間を繋いで利一の成長のあと、すなわち、利一の自伝の一部として、利一と大津をご理解いただくお役に立つものと考えている。

父は若くして郷里大分県宇佐の地を離れて以来、終に戻ることなく、身につけた測量技師の技術を元手に、トンネル掘削の現場で体験したノウハウを糧に、生涯独立独歩の一技術者として各地の現場を渡り歩き、次第に大型化し進化する経営や導入技術と競合あるいは妥協しながら過ごした稀有な人生であった。利一は生涯父や自らの生い立ちについてほとんど語ることはなかったようだが、自らは父の背中を見て自らの生き方の励みとしていた様である。

この「横光利一と大津」を纏めるにあたり、私自身の現地調査や推論による飛躍した独断も多いと思う。この点は今まで十分な資料がないことも踏まえご容赦頂きたく、今後、文学評論、または地誌のご専門家によって修正深化されることをお願いする次第である。

横光利一と大津　目次

第一章　父梅次郎の想い出

横光利一と大津について語る場合、まず父横光梅次郎の生涯について触れざるを得ない。利一が明治三七年（一九〇四）小学校に入ってから、父が大正一一年（一九二二）朝鮮で客死するまでの間、父の職業柄、国内および朝鮮を転々としていたので、利一が父と共に過ごす期間は極く限られていた。このことが、利一の文学に大きな影を落としてゆくようであるが、偶々、利一が大津（大津の松本を含めて）や山科に居る時は、いつも父と一緒に暮らしていた。このことが、父についての心象風景として大津の街を終生忘れ難くしているようである。利一の代表作『旅愁』の一節を引いておこう。

草津の駅を越したころ矢代はもう眼を醒した。すぐ石山にかかると、湖の上に曙色がさして来て、比叡の頂が薄靄の中に染って見えた。彼は洗面を急いですませてからまた寝台に戻り、人に見られぬようにカーテンを締め降ろしてスーツから父の骨を出した。大津の街は湖に包まれ夜明けの白い湯気を立ててゐた。矢代は半身を起したまま、白布の骨箱の一つを両手に捧げるやうにした。湖の色が山際に傾きよったと見るまに、流れ込む水のやうに轟きをたてて、車窓は逢坂山のトンネルに入っていった。矢代は臭気の籠った煙のまひ込む生温さに、のしかかって来てゐる山梁の部厚さを覚えた。またそれが、父の骨格のやうにも感じられると、骨箱の角を握る手も、ぽッと明りの点いた一点の音を捧げてゐるやうだった。

父の微笑している顔があたりの闇の中に大きく浮んだ。それは額縁の中の父のようでもあれば、夢に見た動かぬ父の顔にも似てゐた。駆け通ってゆく車内の流れが、ここだけは父のその顔を中心にいま風を切っているのだった。矢代は白布に押しつまってくる時の迅さを感じ、父の仕事のすべてでも、かうして自分を運ぶものに変えられているのが、暫くは何とも奇妙な有り難さとなり、湖の水色を巻きこめた澄み細まった気持ちともなって、空明りの射して来るまで彼は呼吸を忍ばせた。間もなく、山科の平野は雲に蔽はれた牛尾山の裾から開けて来た。彼は水車の雫の飛び散る川添ひの垣根に、赭茶けて崩れた泰山木の大きな弁を目にすると、父の骨箱をスーッに入れた。

父梅次郎（通称　顕利）の生涯をここで振り返ってみよう。ただ利一自身が父の境遇について語ることが殆ど無かったので、纏った文献等は見当たらない。ここでは、井上謙氏や梅田卓氏の調査を基に他の資料や私の推量で補っていることを、予めお断りしておきたい。

梅次郎は慶応三年（一八六七）五月二五日生れ、大正一一年（一九二二）八月二九日、朝鮮京城府黄金町で死去。

横光梅次郎（上野高校同窓会文庫提供）

出自は大分県宇佐郡長峯村大字赤尾（現在は四日市町に合併）である。現在の長峰小学校の前身の赤尾、今仁尋常小学校を卒業後、明治一八年（一八八五）、十八歳の頃、赤尾村を離れたようである。梅次郎の職業であるが、これがはっきりしない。鉄道の建設に関係したともいわれているが、正確なところは不明である。私の推定では、生涯を測量技師として歩んだようであり、特にトンネル関係の測量に優れていたようで、それを中心に土木請負、探鉱などにも手を出したようである。これらの下地は、小学校卒業後に地元で従事した仕事から得られたと思われる。なお、従事した仕事については次の二つの説がある。

一つめは、宇佐における灌漑用水路に関わった説である。宇佐では農地の灌漑のために、平安時代より水路が造られたが、その伝統は明治になっても引き継がれ、南一郎平（一八三六〜一九一九）を輩出した。南は旱魃に苦しむ宇佐の農民のために広瀬井手（灌漑用水路）開削に心血を注ぎ、十年をかけ全財産を使い果たして明治三年（一八七〇）に完成させた。彼の情熱を知っていた明治政府の要人松方正義は彼を農商務省に採用した。明治一二年（一八七九）、猪苗代湖の利水を図る大事業・安積疏水事業は、南が中心となって見事に完成され、多くの士族が安積原野に入植し救済された。南と梅次郎がどのような教育機関で技術を学んだかははっきりしないが、大型トンネル掘進技術や測量技術については両者の接点も十分考えられる。

二つめは、鉱山についての説である。宇佐の近くの中津には金鉱があって坑道が掘られていた。この坑道を掘る技術がトンネル工事に転用され、梅次郎もそれに関わっていたのではないかという説である。利一自身も言っているように、後年、梅次郎は生野銀山の仕事を請負い大儲けした。この素地は中津の金鉱で得られたのではないか、と推測する。

その頃、京都は、明治二年（一八六九）の東京遷都で火の消えたように活気がなくなっていた。

それを憂えた京都府知事・北垣国道は京都の起死回生のため、世紀の大事業―琵琶湖疏水事業を望んだ。明治一五年（一八八二）北垣知事は政府に陳情し、安積疏水事業の成功により、その技量を高く評価されていた南に琵琶湖疏水の調査を依頼した。北垣は南の提出した意見書を基に新進気鋭の技師・田邉朔郎に設計させ、明治一八年（一八八五）琵琶湖疏水工事を開始させた。南の関わった広瀬井手に詳しい宇佐市役所の井上治広文化課長によると、「田邉が琵琶湖疏水の長等山トンネル工事に、わが国で初めて採用したシャフト（竪坑）工法は、実は南が提案した〈井戸間風〉からヒントを得たものだ」と説明されている。〈間風〉とは、大分の石工仲間では〈トンネル〉を意味するようである。〈井戸間風〉とは井戸のように垂直に掘る竪坑のことで山の両裾から掘り進めるトンネルと垂直に掘り下げた竪坑とを地底で正確に接合させるのは難しいが、少しでも早くトンネルを完成させるためには絶好の工法であり、宇佐の石工はそれを広瀬井手の開削に用いていた。南の推挙で安積疏水工事を経験した宇佐の石工が琵琶湖疏水工事に参加し、また彼の呼びかけに応じ宇佐からも新たに石工たちが参加したようだ。（井上課長から話があったわけではないが）明治一八年頃、琵琶湖疏水工事に参加した大分の石工の中に利一の父がいた、と想像できる。

当時、山口県周防大島出身の石工の棟梁・福田亀吉は、毛利藩が参勤交代のために造った萩と山口を結ぶ鯖山街道に鯖山トンネルを開通させ、一級のトンネル掘削請負業者として一躍有名になっていた。琵琶湖疏水工事を設計した田邉朔郎は、最大の難工事である長等山のシャフト（竪坑）工事に福田を呼び寄せている。このシャフト工事に〈井戸間風〉の工事経験がある宇佐出身の石工たちも起用され、そこで福田と梅次郎の出会いがあったと思われる。

明治二一年（一八八八）関西鉄道（株）が設立され、草津～四日市間の鉄道工事が開始された。鈴鹿山系を貫く加太トンネル工事は三本の竪坑掘削を含む最大の難工事であった。関西鉄道（株）は、鯖山トンネル、琵琶湖疏水のシャフト工事で実績のある福田組の参加を望んだ。柘植郷土誌には、「爾来工事ニ従事スルコト年余殊ニ鈴鹿山脈横断ノタメ穿チタル加太墜道ノ如キ約八町ノ長キニ亘リ当時全国ニ比類少キ大工事ナリシガ仝二十二年十二月竣工シ柘植停車場ヲ設ケラル」とある。

トンネル掘りを得意とする梅次郎は、琵琶湖疏水の完成を待たずに福田組に加わり、加太トンネルの工事現場からほど近い柘植（現三重県伊賀市柘植町）の街に腰を据えた。中田小菊との縁が結ばれたのはその結果である。二人の結婚は、利一より四つ年上の姉静子《しずこ》（明治二七年五月一三日生れ）がいるから、明治二六年あるいはそれ以前でなければならない。

その後、梅次郎は碓氷峠トンネル工事に参加している。この工事は、山県有朋の肝いりで東海道線が海岸沿いを走っていて外敵に攻撃されやすいのを憂い、国家の重要テーマとして明治二四年（一八九一）三月一九日着工で軽井沢～横川間十一・二キロメートルに二十六トンネルと十八橋梁を設け、急勾配のためアプト式軌道を導入し、明治二五年一二月二二日、約一年六か月で鉄道を完成させている。長いトンネルには工事を急ぐため横穴式を採用している。難工事の上に突貫工事でもあった。

利一は自らの生い立ちについて、あまり人に話したがらなかったようである。車谷弘氏が、『非凡閣版　横光利一全集』の月報第四号（昭一一・五・一五）に小伝を書くために、利一に直接ヒアリングされている。

きわめてカンのいい人でトンネル工事の入札は名人だった。山をぢっと見詰めていて、いくらで請け負って大丈夫かと眼が非常にきいたのである。碓氷峠のトンネルもこの父上の仕事であった。父上は幾度となくブルジョアになったり、没落したりしたが、その生涯で最も華やかだった時代は生野で銀山を当てた。幼年期には我が家の経済状態など分からないが、押入れを開けさへすればそこに金があった。一度は鼻紙を抜きとろうとして、金貨の雨を浴びた事もあるという。父上は金銭には淡白で金を貸してくれと言はれれば、いくらでも貸してやったが、証文はどんどん破いてしまうので、いくら人に貸があるのかまるで分からなかったそうだ。

生野銀山は明治二二年に宮内省皇室財産となり、明治二九年に三菱合資会社に払下げになり三菱による明延銀山の開発が行われ、以降三菱発展の収益源として石炭よりも大きな利益を上げた。梅次郎が生野銀山の開発請負をしたのは、主に宮内省所管の頃ではないかと思われる。金鉱掘削やトンネル工事で得た技術で銀山開発に成功したものと思われる。従って、利一の誕生前の話であろう。「鼻紙云々」の話は彼の小説『街へ出るトンネル』でも出てくるように、下請けへの支払金を置いていただけの話を利一が面白く語ったのである。

岩越鉄道（株）が明治二九年（一八九六）に設立され、郡山と新津を会津若松経由で結ぶ磐越西線の工事が始まった。梅次郎は身重の妻と静子を帯同した。利一が生まれたのは、明治三一年（一八九八）三月、福島県会津郡東山村（現会津若松市東山）である。

『弟横光利一』（中村静子）によると、一家は利一の誕生後しばらくして、福島県から千葉県の佐倉に移っている。「沼地の大変なところに鉄道を通すのだということで難工事の様子を父が話した事を覚えています」。開通年月日より推して、梅次郎が関係したのは成田線の一部のよ

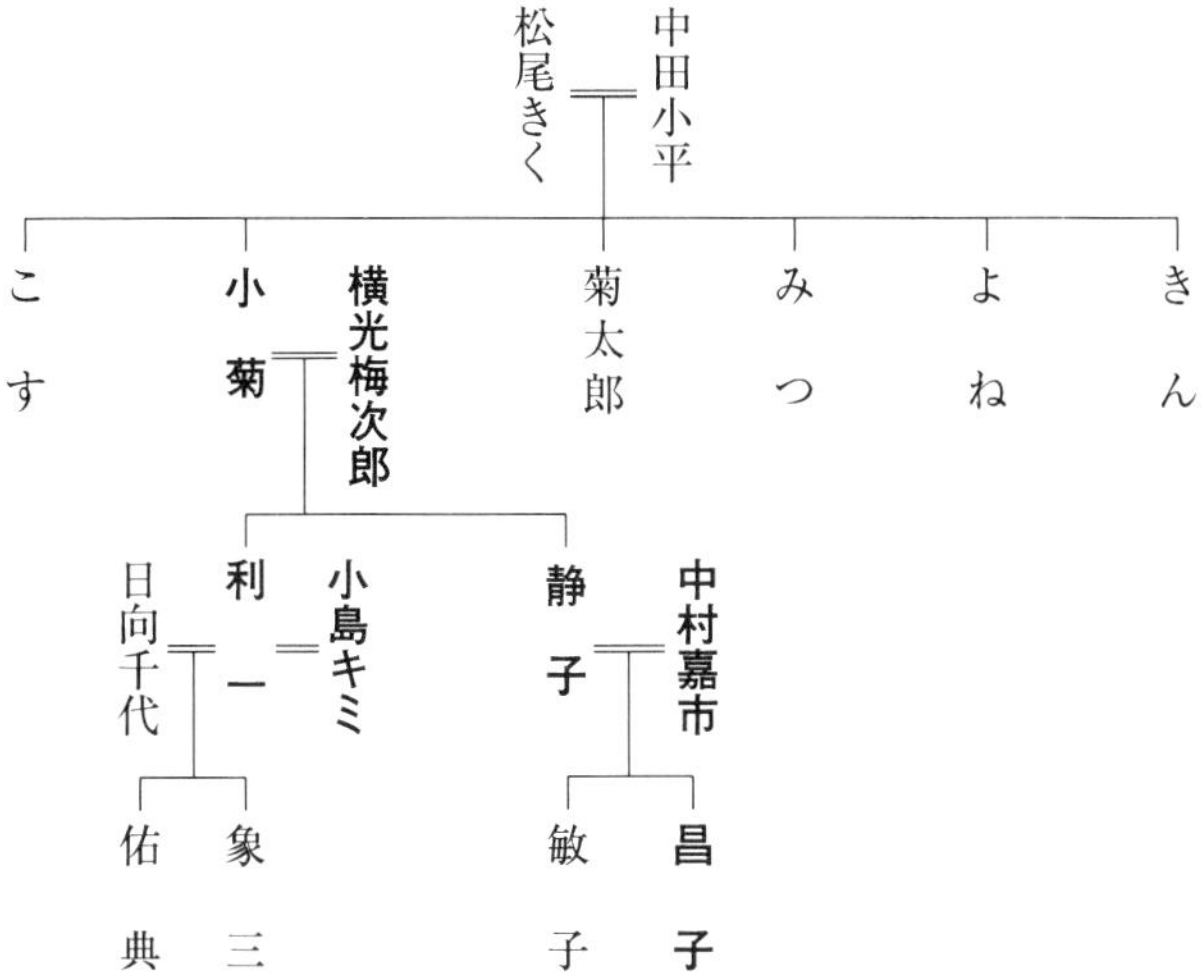

母小菊の家系と横光利一（濱川勝彦著『横光利一評伝と研究』を参考に作成）

うである。佐倉に住んでいた期間は大体明治三一年から明治三三年ごろまでの二年程度であったであろう。

三歳から五歳ごろまでが、利一の赤坂（現東京都港区赤坂）時代である。この時期は、父の景気が良かったらしく、姉弟揃って三味線師匠のところに通って踊りを習った。静子の就学は明治三三年四月となって、丁度一家が赤坂に来た頃である。しかし、一家はそう長くは赤坂にいられなかった。柘植小学校に現存する静子の学籍簿を見ると、編入年月日の項に「第二学年明治三五年一月」とあり、入学前の履歴として「山梨県ニ於テ修業中」との記録がみられる。赤坂から直接柘植へ行ったのは母と利一だけで、梅次郎と静子は仕事の関係で一時山梨県に移り、そこから柘植へ行ったのではないか。そして、柘植に帰っても落ち着く暇もなく、新しい任地先広島が決まって、梅次郎、小菊、利一の三人が行き、就学の関係で静子だけが柘植に残ったと思われる。広島の仕事は宇品の軍港工事であった。

広島の滞在は短く、再び、梅次郎たちは柘植に帰ったがその時期ははっきりしない。明治三六年新年早々か、その前年の暮ではなかったか。一月に妻小菊の父中田小平が亡くなり、利一もその葬儀に出ている。利一たちは静子がいる関係でひとまず小菊の姉みつの家に落ち着いた。小菊の実家のある野村（東柘植村の大字、現伊賀市）の隣村である。しかし半年ぐらいで利一たちはまた滋賀県の大津に移った。

利一は明治三七年四月大津で大津尋常高等小学校（現在の中央小学校）に入学、一月程いて、五月には西尋常小学校（現在の長等小学校）に移っている。でも、この小学校にも僅かしかいられなかったようだ。利一が就学する二か月前の明治三七年（一九〇四）二月八日に日露戦争が勃発しており、父が軍事鉄道敷設のため朝鮮の京城へ行くことになったからである。

ここからは、梅次郎たちが柘植に戻った明治三六年前後頃からの〈琵琶湖疏水計画と工事〉

の経緯と梅次郎の関わりについて考察する。

明治二八年　　　　　京都市会で水利調査委員を設け各種調査
明治三二年一月六日　第一疏水増水請願
明治三五年四月一一日　前案を改め独立水路を計画しこれを地方庁に出願し初めて第二琵琶湖疏水の名起る
明治三五年一〇月二〇日　さらに前の案を訂正し市会決議を経て請願
明治三八年九月一日　河川法により又これを滋賀県にも請願
明治三九年四月四日　京都府滋賀県両知事の連署許可を得る
明治三九年四月一三日　実測設計調査費を市会に求め直ちに線路の調査を行ひ、実施の設計を為す
明治三九年四月一三日　第一水利部を粟田口水利部内に設ける
　一二月　臨時事業部に改む
明治三九年一二月四日　工事施工許可を申請
明治四一年二月二八日　認可を得る　疏水新事業（第二疏水のこと）と電気事業施工　許可
　六月二六日　第二疏水　小関トンネル横坑（十一か所）構築着工

七月一三日　第二疏水工事に関する土地収用法適用を認定　総理大臣名で官報公示

明治四二年四月六日　小関トンネル工事着工

（以上、田邉朔郎『琵琶湖疏水誌』（大正九年）による）

一方で、宇治川水力電気の開発計画が進捗していた。

明治二七年八月　京都電気鉄道初代社長　高木文平が宇治川の電力利用を主唱する

明治二九年四月　宇治川電力会社（東京派）

明治二九年九月　宇治水力電気会社（京阪派）

明治三一年　琵琶湖運河会社（滋賀派）

と水路開墾を競願するも何れも却下された。明治三四年（一九〇一）合同協議が成り京阪派の水路調査が採用された。

京都市としては宇治川水力電気の利用計画と競合しながら、さらに滋賀県への請願のために計画の中でも通水路の計画を早急に詰める必要に迫られていた。京都市の第二疏水計画の総括は、京都市粟田口の水利事業部で為されていたが、水路調査関係は大津の疏水事務所で行われていたと思われる。明治三七年（一九〇四）あるいはその前年の中に梅次郎は大津に着任している。

梅次郎はトンネル工事の測量、現場の具体的な施工法、さらに梅田卓氏の想像の通り、第一疏水の現地工事に参加し小関の第一トンネルについても具体的に詳しかったのではないか、と思われる。疏水事務所は、梅次郎の体験、ノウハウをかなり評価していた。このことは、梅次郎の大津の住処を僅か一か月で疏水事務所のすぐ傍に移して昼夜を分かたず何時でも呼び出せる場所―六十六番屋敷（現大津市大門通十六）に置いていること、まだ公許になっていない計画に参加させていること、などから推察できる。

日露戦争の勃発に伴い強力な国家的要請によって、梅次郎は朝鮮での軍事鉄道建設に従事することになり、大津での仕事は中絶することになる。当時、我が国の鉄道は軍事上の立場が第一とされ、鉄道の政策は総て軍の支配下にあった。そのため、戦争が起こると、早速、京城～新義州間に軍事鉄道の敷設が計画され、臨時軍用鉄道監部が編成され、明治三七年二月二八日に出発している。

梅次郎たち土木関係者の派遣はその後であり、梅次郎は一回目の渡鮮をすることになる。

梅次郎が一回目の大津在住から離れた後、琵琶湖の利水計画は具体化し、明治三九年四月四日、京都市の第二疏水計画は内務省の建設許可となり、同日付で宇治川電気株式会社の水路開削、発電計画も建設許可となった。

宇治川電気の計画を纏め上げた高木文平について紹介しておく。

高木文平 天保一四年(一八四三)三月一一日生れ、明治四三年(一九一〇)九月二七日没。京都府南丹市出身、維新前代官を務めた豪農、維新後地元で学校教育などに勤めたが、その後実業界に転じ、京都商工会議所を設立し初代会長(明治一五年一〇月)となった。工事推進のための経営を委ねるため上下京連合区会に置かれた疏水常務委員となり、明治二一年(一八八八)一〇月から二か月、疏水水力利用調査委員として田邉朔郎と共に渡米、米アスペン水力発電所をモデルに帰国後蹴上発電所を推進し、完成後その電力を利用した京都電気鉄道の初代社長(明治二七年)となり日本最初の電車を京都市で運行した。明治二七年八月宇治川の電力利用を主唱。明治二九年九月宇治水力電気会社を設立し宇治川の水路開削を請願するも競願各社(前出)共々何れも却下される。明治三四年合同会議が成り、宇治水力電気会社の水路調査が採用された。明治三九年四月京都市の第二疏水計画と同日、宇治川水力発電計画も内務省の許可を得、ここに大同団結して明治三九年一〇月二五日に宇治川電気株式会社が設立総会を持つに至った。

社長・中橋徳五郎(大阪商船)、取締役・土井(大阪電灯)、岩谷、高木文平(技術担当)、浅見、監査役・田中市兵衛、大倉喜八郎、田中源太郎といったメンバーで、高木文平は技術の総帥としての大役を担っている。

宇治川水力発電計画は、南郷・宇治間約十一キロメートルを隧道と開渠、暗渠からなる水路で導水し、落差六十メートルを利用して発電を行うものである。

水路の概要を見ると、

水路総長　約十一キロメートル　隧道 九千百二十六メートル　開渠 千百二十九メートル

最長隧道　第一号 二千四百四十三メートル　第七号 二千九百八十四メートル

隧道は八か所、五号六号はシャフト式工法

進捗については、明治四一年一二月建設開始、途中十キロメートルに及ぶ隧道の掘削に手間取り、大正二年八月漸く完成。この間、工事遅延により明治四五年三百万円、大正二年完成間近に二百五十万円社債を発行している。

この時、鹿島組（後の鹿島建設）が隧道と開渠水路を請け負っている。

導坑の掘進に当たっては、切羽に直径二センチメートル、深さ三十～六十センチメートルほどの穴をいくつか穿って、これにダイナマイトを装填して岩石を破砕。ダイナマイトの装填は第一号隧道と第七号隧道には削岩機を導入したが、当初は、用いた機械が中古品であったこともあって故障が続出し、急遽、技術者をヨーロッパに派遣して最新式の削岩機を選定、購入させたというエピソードが残っている。なお工事は昼夜兼行で進められ、導坑は一昼夜三交代、その他は二交代で作業員を投入した。

明治も終わりに近い当時では、施工機械が少し用いられているが、電力事業が未開拓で、大津や宇治にすら電気が通じていない時代にあっては、機械は蒸気機関又は石油発動機で駆動させるしかなかった。坑内の照明も主に種油のカンテラを用いた。工事に並行して仮設の水力発電所を建設し（一部は京都電灯から供給）、明治四三年一一月からは坑内の照明は電灯に変わり工事用電話も敷設された。道路が未整備であったので、掘削した岩屑やレンガ、セメントなどの工事材料の運搬は工事用の人力トロッコ（当時は「トロリー」と呼んだ）によった。四年にわたる水路工事においては不慮の事故もあった。（以上、「宇治発電所の解説シート　土木学会選奨土木遺産」より抜粋）

一方の京都市第二疏水の計画と進捗は以下のようであった。

第二疏水は、第一疏水とは十五間（二十七メートル）の間隔で並行に長等山を貫き、三保が崎・蹴上間全長七千四百十六メートルで、途中五つのトンネル（延べ五千百九十一メートル）を掘削するが、第一疏水と異なり、最終的には途中三十間（五十五メートル）を除き、全てを暗渠とする計画となった。蹴上の地点では第二疏水は第一疏水より二尺三寸（約七十センチメートル）水位を低くすることになった。また第一疏水のレンガ積みに対してすべてコンクリート主体になった。

　第二疏水の現地工事は蹴上の発電所の電力が利用でき、これは照明、ポンプ動力などの大きな助けになった。それでもなお、第二疏水工事でも小関トンネル（二千六百七十八メートル）が最大の難工事で、硬い花崗岩などの地質に阻まれ掘削困難であった。従って、第一疏水側から小関トンネルの建設位置まで十一か所の横坑を掘り、そこを拠点に左右へ掘り進む方式をとった。監督員の出入り、作業員の交代、材料の運搬、土砂の運び出し、湧水の排除などの一切を横坑で行った。カンテラが電灯へ、手提げランプが不要、空気不足もなく作業能率はアップした。ただ新旧トンネルの間隔が短いため、旧トンネルの水が常に浸水し横坑が第一疏水の水面以下になると第一疏水の水面と同じ高さまで浸水し、また砂水などの流出で作業を妨げた。暑い季節には、旧水路の水温と坑内から湧出する冷水との温度差で労務者の大半が発病し、補欠を募っても実地を見て逃げ出す者が多かった。

　かかる状況下で、小関トンネル横坑は明治四一年六月二六日着工、同一一月九日貫通。

　小関トンネル本坑は明治四二年四月六日着工、明治四三年一〇月一三日貫通、貫通祝賀会が同一二月一〇日に行われている。明治四四年一二月二〇日完工。三保ヶ崎取水路は明治四四年一二月二四日着工、明治四五年三月三一日完工している。

岸宏子氏によると、梅次郎は（一回目の渡鮮前に）上野の街（萬町）に一軒家を持っていたようである。朝鮮の長期に亘る軍用鉄道の仕事を終わり一休みして、渡鮮前に手掛けた大津の仕事に就く準備をしていたのではないかと思われる。

梅次郎の二回目の大津在住が明治四一年早々と考えるのが妥当とすると、小関トンネルの実地調査もすでに完了し、横坑工事に必要な請負業者の割り振り、電力、ポンプなども整えられていたと考えられる。疏水事務所は、彼の立場、役割を恐らく顧問、工事監督補佐ぐらいで考えたのではなかろうか。第二疏水の記録はいまだ未整理で詳しくはわからない。しかし、前回同様に鹿関町に住居を周旋し、前回の六十六番屋敷の立ち退き撤去が決まると、二軒隣りの六十八番屋敷（現大津市大門通十八）を与えている。九月には小菊を、翌明治四二年五月に静子、利一を上野より呼び寄せ、一家四人の生活に入っている。

宇治川電気の建設計画は第二疏水より半年遅れて明治四一年一二月に建設着工している。施工経験のある第二疏水と異なって、当時国内最大規模の発電所の水路約十一キロメートルを新たに建設、しかも工法の異なる八つのトンネルを全長十キロメートルにわたって掘削する訳であるから可成りな未知の障害が予想された。着工後暫くして、技術の最高責任者の高木文平取締役から勝手知ったる京都市にトンネル工事経験者の派遣を要請してきたのではなかろうか。

工事中の第二疏水のトンネル工事の専門家、特に要請されている現場の臨機の対応に強い技術者として梅次郎に応援の要請があったものと思われる。京都市としても、梅次郎が市職員でなく外部の傭員であり、今回の小関のトンネル工事については途中参加であり、作業員の募集などの問題はあるにしても技術的な困難点は既に解決の自信があったのであろう。梅次郎も、国内最大級の水路開墾に選ばれて出向するわけであり、しかも自分の得意とする電力利用のない手掘りのシャフト式トンネルが第五号、第六号とあるので勇躍して乗り込んだことであろう。恐らく家族を鹿関町において、単身宇治の建設本部に移り、施工方法や工期、地中障害など高木氏を助けて懸命の努力を尽くしたものと思われる。勿論、利一が『旅愁』の中で語らせているように、危険な現場にも頻繁に企業者側の監督として乗り込んだことだろう――。

「わしの危なかったときは、宇治川の水電だったな。あれを作るときには東洋一だというので元気も大いに出たが、そのときも反対派の技師とわしは喧嘩をして、ぢゃ、やるが良かろうと向ふのままにしてみたら、たうとうそこから崩れた。それで大ぶ生埋めにされたが、崩れはわしの足元まで来て止った代わりに、成田のお札が真っ二つに割れていたね。はッはッはッ」

梅次郎の懸命の努力は報われなかった。信頼していた取締役高木文平が志半ばにして、明治四二年一〇月二四日に辞任して、翌明治四三年九月二七日には亡くなっている。梅次郎も工事半ばにして、遅くとも翌明治四三年三月までには引揚げていると思われる。その後、工事はずっと大正二年まで続いている。

由良哲次氏から井上謙氏宛ての書簡に「梅次郎さんの家には望遠鏡、三脚台などの器具が多く、それに鉄道院や宇治川水力(今の関西電力)の功労表彰の額があったと思う」とあるが、〈宇治川水力〉なる会社は存在せず、宇治水力電気か宇治川電気のいずれかと思われる。この書簡自体が戦後可成り経ってから執筆されたと考えられるので、その他の状況に鑑み後者と考えるのが妥当かと思われる。表彰の時期は高木文平の辞任、または梅次郎の引揚げの際と思われる。

梅次郎が再び鹿関町に戻ってみても第二疏水工事の小関トンネル工事は十一か所の横穴式の工事が並列して順調に進んでいたと思われ、梅次郎の腕を振う余地は少なかったであろう。以後、大正二年(一九一三)姫路の福崎に勤めるまでの梅次郎の進退については殆ど文献等がない。僅かな記録をよすがに私の推論を進めさせていただく。

梅次郎は利一の西尋常小学校卒業を機に疏水工事すなわち京都市の工事と縁を切り、鹿関町の住居を引き払って肥前町四十一番屋敷(現大津市松本二丁目)に移った。全集書簡集の五八六

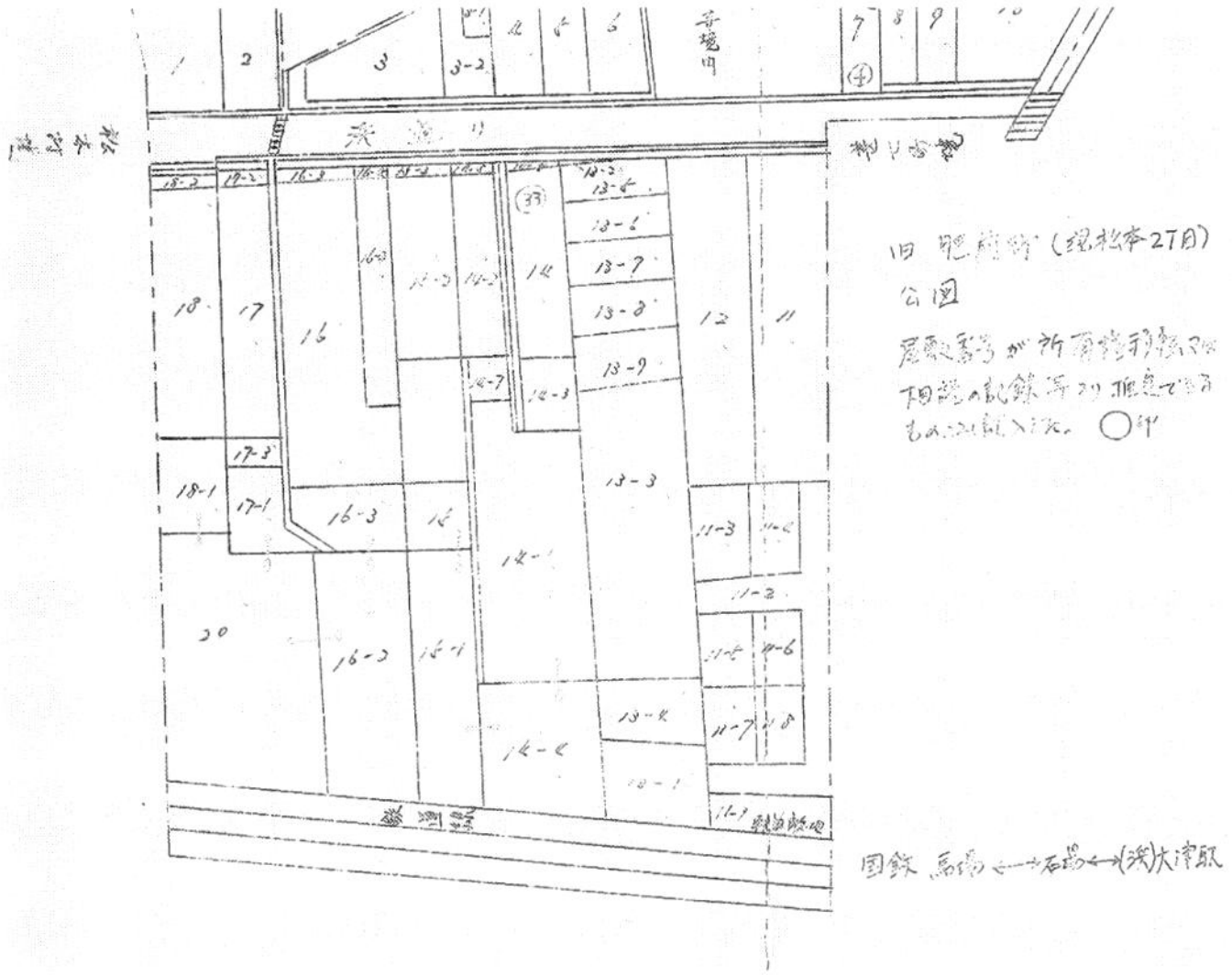

旧大津市肥前町（現松本２丁目）公図

頁に【「謹賀新年」「恭賀新年」とのみあり、記述のまったくないものについては、これを収めなかった。（例えば「明治四四年一月一日　近江国大津市肥前町四十一より三重県伊賀郡東柘植村大字上町　澤井善一宛て（葉書・毛筆）」とある。）】〈肥前町四十一番屋敷〉について大津地方法務局で調査してみたが屋敷番号と地番を対応して推定できるのが三十番台までしかなく正確には判らなかった。恐らく十一番地乃至十五番地に対応すると思う。いずれにしろ肥前町は当時の国有鉄道の馬場駅（現在の膳所駅）と大津駅（現在の京阪浜大津駅）の間の石場駅のすぐ傍であり湖南汽船の石場乗船場も近く、四十一番屋敷は浜通りと線路に挟まれた地帯で路地で浜通りに出入りし、二階建ての二軒長屋が密集している一角であった。鹿関町よりは遠く離れて当時の大津では一番東の端の町であった。しかしすぐ隣の甚七町には遊郭や料亭「魚善」があり、後の利一の『悲しめる顔』に登場する稲荷座があった。

肥前町の位置は、梅次郎にとっても大津にいる以上は一番便利な場所であった。馬場の駅に近く宇治川電気の宇治の建設本部の往還に便利なこと、湖南汽船の石場の船乗り場から南郷の宇治川電気の取水口を経て工事現場に向かうにも便利なこと、利一が大津尋常高等小学校の高等科に通学するにも近く、来春、県立第二中学校に通っても鹿関町よりはずいぶん近くなること、静子が通っていた南保町の大津市立の裁縫女学校にしても近くなるなど、決して悪い立地ではなかったと思う。(私は、静子が県立大津高等女学校の卒業生ではないか、と思って、当時の〈さざ波同窓会誌〉を現在の膳所高等学校内のさざ波事務局の方に調べてもらったが横光の名はなかった。)

梅次郎は肥前町に移って、独立の技術者として国内最大規模の、そして現実に技術的困難に遭遇している宇治川電気の工事に再び参画したく志願したのではなかろうか。折角の志願も受け入れられなかったのだろう。彼の生涯に三度の渡鮮が『弟横光利一』に述べられているのを前提とすると、二回目の朝鮮行きはこの機会しかないように思う。一家を扶養するために恐らく単身渡鮮した、と思われる。同時に利一は自宅のある上野町の三重県立第三中学校(現県立上野高校)を目指し合格している。利一の入学する明治四四年四月に合わせて一家は三重県上野町萬町に移っている。間もなく母親も渡鮮したため、利一は静子と共に、桑町の岸家の世話になっている。利一の中学時代の保護者は伯母きんの長男、岸鹿百がなっている。

明治四四年(一九一一)利一が中学一年生の年末頃、梅次郎夫妻は内地に戻り、次いで明治四五年一月五日、姫路近くの兵庫県神崎郡田原村字辻川(現在の福崎市)に移り、小菊も同月一六日に後を追い、静子と利一は、一時、再び岸鹿百の家に世話になるが、間もなく姉が結婚して出て行ったので、利一も一人で下宿住まいとなった(岸宏子)。梅次郎は播但線工事に携わったという説もあるが、播但線は既に明治三九年(一九〇六)に全通しており、福崎近傍でどのような工事に従事したかは明確ではないが、利一は大正三年(一九一四)正月には福崎に帰省している。

静子は、滋賀県栗太郡治田村大字吹川第九十番屋敷中村吉松二男、中村嘉市と結婚して大津の松本へ移っていった

利一が中学四年生になった大正三年(一九一四)、梅次郎夫妻は山科(京都府宇治郡山科村四ノ宮)へ移って、新逢坂山トンネル工事に参加した様子である。

この工事は、官有の東海道本線の馬場～京都間の急勾配を平坦にし、路線を短絡させるために新線(上り下り別々の複線)を建設する工事である。工事の大部分を新逢坂山トンネル

（二千三百二十五メートル）及び東山トンネル（千八百六十五メートル）の二トンネルが占めている。新逢坂山トンネル工事は大正三年（一九一四）一二月三一日東西両坑口着工、大正六年（一九一七）一一月五日導坑貫通、大正八年（一九一九）九月二五日竣工、そして大正一〇年（一九二一）八月一日に新線開業した。因みに、トンネルの掘削技術はオーストリアより導入している。

梅次郎は着工前から竣工までこの工事に従事していたようであるから、恐らく官有鉄道側に就職し、手慣れた山科の現場にいて測量や工事監督にあたっていたのであろう。

利一はこの間、大正五年（一九一六）三月一五日、第三中学校五年を卒業し、早稲田大学高等予科文科（英文科）に入学し上京した。利一の早稲田進学についての家族や親族、特に父の反応を、姉静子は『弟横光利一』に記している——。

中学四年頃だったと思います。その頃は家も京都の山科に移っておりまして、父は自分の後を継がせるために京大の工科に進ませる方針で高等学校に行くよう言ってましたが、なんでも自分の好きな先生がいるとかで、早稲田に行くといって聞きませずに二、三の親戚の者も父と同じことを言って聞かせたものですが、とうとう無理やりに早稲田に行ってしまいましたが、自分の思う学校に行けないのなら、飛行機乗りになりたいなどと言っていました。

私の推量では、梅次郎は京大工科大学土木科の田邉朔郎教授に私淑していたと思う。田邉教授は文久元年（一八六一）生まれで梅次郎より六歳年長であったが、土木技術者として同年代の大先覚である。梅次郎は恐らく第一、第二の疏水工事を通じて田邉博士と面識があったろうし、弟子も国有鉄道技師、京都市技官などとして活躍を始めた頃と思う。

田邉朔郎　文久元年、江戸の生まれ。

明治一六年五月　工部大学校（土木科）第一回卒業。卒業論文は『隧道建築編』、『琵琶湖疏水工事編』であった。この論文をもって、同年五月二二日、京都府御用掛に任官。

明治一九年二月　疏水事務所工事部長。

明治二〇年四月　工師、疏水工事一切の責任者。

明治二一年一〇月から二か月渡米。疏水水力利用委員として高木文平と共に渡米、米アスペン水力発電所をモデルに蹴上発電所（世界最大）を建設。

明治三三年一〇月　京都帝国大学工科大学教授「鉄道工学」

田邉朔郎博士　（京都市上下水道局提供）

を担当。
大正一二年　定年、京都市顧問となり第二疏水の建設にもかかわった。
大正一二年二月「工学博士田邉朔郎君紀功碑」。現在、銅像と共に蹴上インクライン広場に建てられている。
昭和一九年没、享年八十三歳。

新逢坂トンネルの竣工（大正八年）後、「坊主が一人前に成るまで遊んでもいられぬ」といって、三度目の朝鮮行きを行っている。小菊も同行したようである。従って、大正九年になると、利一は大津松本の中村嘉市の家に帰郷していたようだ。

大正一一年（一九二二）八月二九日、梅次郎は、利一の作品が脚光を浴びて世に問われるのも見ず、失意のうちに脳溢血で京城の地で急死した。五十六歳だった。

父梅次郎の生涯は、十代に故郷宇佐の現場で学習したノウハウを糧に、土木工事、特にトンネル工事を得意分野として、各地を独立独歩の技師としてその生涯を生き抜いた。寡黙な性質であったが、誠実で現場の難易を見抜く直感も鋭く、現場を生きる技術者として測量、見積り、現場監督など柔軟に対応できる腕を持ち、付き合った施主の信頼も厚かったようだ。趣味は囲碁と狩猟で、あまり酒も飲めず、家族と一緒に過ごす時間を楽しみにしていた。ただ、彼の技術ノウハウも、欧米の技術導入に伴う日本の土木技術の進歩、大型化に伴う分業化、削岩機の導入などによる現地工事の合理化などに伴い、次第に陳腐化して行くのはやむを得ない時代の流れであったろうし、企業形態も個人のコネより企業体を優先する時代に変わっていった。

利一が物心ついてから家族水入らずで暮らしたのは、大津時代と早稲田を休学して山科に戻った山科・松本時代のわずかの期間であったが、このような趨勢の中で、自らの技術に誇りをもって独立独歩で真剣に生きてゆく父の背中に、利一は真情をもって声援を送っていたと思われる。特に早稲田入学後の山科・松本時代は、彼自身が苦悩を越えて小説家として生きてゆく決心をする時期であっただけに、父の真摯な生き方から無言の大きな励ましを受けたと思われる。後になって彼の残した作品『紋章』は父へのオマージュであると思う。

第二章
西尋常小学校

　叔母の家に半年もゐてから、私と母と姉とは汽車に乗り琵琶湖の見える街へ着いた。そこに父は新しく私たちが住む家を作って待ってゐてくれた。そこが大津であった。私は初めてここの小学校へ入学した。湖を渡る蒸気船が学校のすぐ横の桟橋から朝夕出ていったり、這入って来たりするたびに、汽笛が鳴った。家がまた新しく変わったからであるが、この第二の学校のすぐ横には疏水が流れてゐて、京都から上って来たり下ったりする船が集まると、朱色の閘門の扉が水を止めたり吐いたりした。（『洋燈』）

　利一が大津の街に居住したのは前後六回にわたっている。この六回の住所を全集の書簡集、作品、年譜から辿ってみると、

一、明治三七年（一九〇四）　六歳、四月、大津市大津尋常高等小学校（現中央小学校）に入学。このときの住まいは不明、今となっては学籍簿が残っているかが頼りである。

二、明治三七年五月、同市西尋常小学校（現長等小学校）に転校。大津市鹿関町第六十六番屋敷に住む。

三、明治四二年（一九〇九）十一歳、五月、父の仕事により大津市鹿関町第六十八番屋敷（現大門通十八番地）に移り、三重県上野町（現三重県上野市）丸の内尋常小学校から大津市西尋常小学校に転校。

四、明治四四年（一九一一）　十三歳、一月一日、近江国大津市肥前町四十一番屋敷（現大津市松本二丁目）より年賀状発信。

五、大正四年（一九一五）～ 大正一〇年（一九二一）十七歳～二十三歳、山科に両親居住中、大津市松本宮前の姉夫妻の住居、中村嘉市宅に入り浸る。

六、大正一三年（一九二四）二十六歳、七月、九州の本籍地へ兵役点呼に赴いたのち、八月の一か月ほどを大津市鹿関町田村氏方にキミと住む。

このうち二、三、六は鹿関町に居住している。これらの住居を現在の所番地に当てはめて特定したいわけである。前記の住所はいずれも屋敷番号が用いられた時代の家屋の番号であり、これを現在の土地を基本とした番号に置換した資料は、大津地方についてはないようである。このことが利一の大津における住所の特定を困難にしている理由と思われる。このことについては日置俊次氏も指摘されている　私自身も不動産関係は全くの門外漢で、偶々知己になった彦根市の不動産鑑定士に聞いたところ、明治時代からの宅地は比較的資料が残っているようであるが、彦根地方と違って、大津地方には古地図の写真をまとめた書籍はないようである。市役所、市の歴史博物館、町内会にも問い合わせてみたが、明治時代の屋敷番号は何処も把握していなかった。結局、不動産鑑定士の示唆に基いて大津地方法務局に出向き、いろいろ聞きまわったが、法務局でも把握しているのは土地番号だけで家屋については一切把握されていないことが分かった。従って一から調べることになり、先ず明治時代の鹿関町の公図を閲覧して地番を調べることから始めた。この探索の過程で一番役に立ったのは、『弟横光利一』であった。

小学校の五年からまた大津でした。疏水のトンネルに近い鹿関町に家がありました。（中略）子供のころ自分の家のあった疏水に面した鹿関町の（以前マギスという英国人が住んでいました。）角の二階を借りて一か月ばかりおりました。

この文章を現地で確認するために旧鹿関町を訪ねたとき、偶々路上で声を掛けた奥村角太郎氏が私と同じ長等小学校の後輩で、ずっと鹿関町にお住まいの方だったのは幸運であった。調査の趣旨を話すと、快くご協力いただき、後日、調べられた結果（地元の長老の方の話など）をお手紙にてお知らせ頂いた。

それによると、以前英国人が住んでいた家は、現在の浅野、藤井、井上の三軒を一つにした大きな家であった。また、（私が持参した）昭和四一年製の住宅地図に記載されている「田村さん」（私も大津在住時、しばしば碁会所でお会いした）は借家人で、昭和一七年から三七年ころまで住んでおられ、住居は現在の松葉荘の建替え前の古い家であった、ことなどが明らかになった。従って、利一が川端康成宛に出したハガキと封書には田村方とあるが、私が土地台帳を調べても「田村さん」は借家人または借地人である。そして、住宅地図に記載されている「田村さん」も、利一に二階を貸した「田村さん」も共に借家人であり、夫々は別人である。

公図によって「角の家」が三十五番地であることを確認した。また同じ公図によって二十九、三十、三十一番地が疏水水路敷地・運河と修正されていること、さらにこれを抹消して物産陳列場敷地になっていることを発見した。地番の目安がついたので、次に『大津市鹿関町土地台帳　大津地方法務局　昭和三十七年二月移設完了』という台帳を調べ、地番と屋敷番号の整合を、記載されている所有者の屋敷番号所有権の移転記録などによると、

第一疏水閘門付近　右奥に見える屋根と窓はマギニスの家（国書刊行会『ふるさとの想い出写真集大津』より）

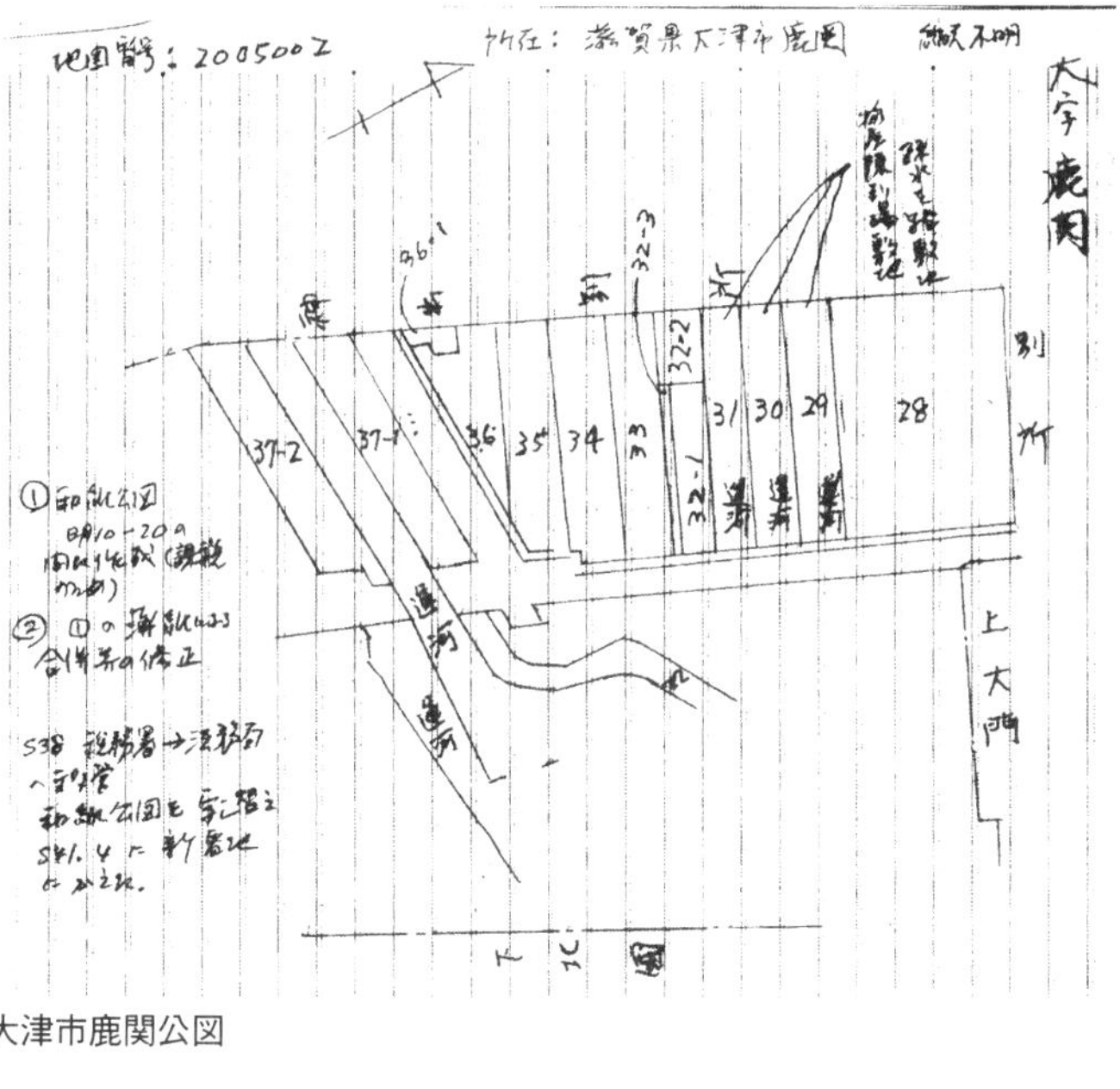

大津市鹿関公図

地番　第三拾五番　　　　　　　　　所有者　　　七十一番屋敷　中西秀夫
明治三十四年一月十四日　　　所有権移転　船頭町　　　　白山良蔵
（途中省略）
明治四十二年五月二十日　　所有権移転　大津市坂本九番屋敷　林治三郎
（年号記載なし）七年二月八日　　転居　　　　　　　　　仝人
昭和二年十月八日　　　　　　　　橋本町　　　　　　　同人
所有権移転　三十五の一　昭和二十九年三月三十日　鹿関町三十六　　森　弘蔵

利一とキミが二階を借りて逗留した大正一三年八月時点の地主は林治三郎で、田村さんは借家人の可能性が高い。
さらに台帳表題部改装によると、昭和四一年四月一日に住居表示変更がなされ、
鹿関町三十四番地は　大門通二百三十四番
鹿関町三十五番地は　大門通二百三十五番
となっている。即ち、鹿関町から大門通に変わった地番は二百番を加えればよいことがわかる。
また、旧鹿関町は、現在第一疏水を境に大門通と三井寺町に分割されており、「角の家」のあった辺りに旧鹿関町の石標を残すのみである。

以上の調査に基づき利一に関する旧鹿関町の地番は
鹿関町六十六番屋敷　―　仝　三十番地
鹿関町六十八番屋敷　―　仝　三十二番地（現在の地番　大門通四丁目十八番地）
鹿関町七十一番屋敷　―　仝　三十五番地（現在の地番　大門通四丁目二番地）

と推定できる。なお、鹿関町土地台帳によると、三十一番地の処に「所有権者　六十六番屋敷加茂貞次郎　明治四十一年所有権移転　京都市　物産陳列所敷地へ」との記入あり。従って、公図にある二十九～三十一番地の敷地は、第二疏水の用地として明治四一年に京都市に所有権が移管されており、父梅次郎が明治四二年五月に鹿関町に戻ってきたときは、既に前に住んだ六十六番屋敷はなかった。恐らく京都市の世話で工事現場のすぐ横で同市疏水事務所にも近い六十八番屋敷を宛がわれたと推察できる。六年生のときの級友、河合重太郎氏は「六十八番屋敷の横光宅は鹿関橋の近くで、二階建て棟割二軒屋の一つであった。」そして「横光のお宅は何れの番地でお住まいの時も疏水の堰を落下する水の轟音が路の向側の屋並みに響いてくるのは当時も今も変わらない」と回想している。

利一は小学一年生の明治三七年（一九〇四）五月ごろの約一か月間と六年生の明治四二年（一九〇九）五月から翌明治四三年三月卒業まで、大津市立西尋常小学校に在学している。西尋常小学校出身の誇るべき大先輩である。

ここで西尋常小学校について紹介しておきたい。

明治二五年（一八九二）に小学校令の改正により、当時の大津町に五つの小学校が創立されている。利一が後に学んだ大津尋常高等小学校や西尋常小学校はこのとき創立されているが、前者は大津学校本校、後者は修道学校（大津学校第一支所）として、それ以前より学校教育を行っていた。修道学校は明治九年（一八七六）に今堀町に校舎を新築移転し、校門に元大津代官所の正門を移築した。この正門はその後もそのまま維持されて昭和一一年四月に小学校が移転した後も、その後継の長等幼稚園の正門として昭和四〇年代まで保存されていたが、跡地がモータープールになると消滅した。利一は昭和時代になってもしばしば疏水近傍を訪ねているが、この門を見る度に感慨深いものがあったであろう。

明治三一年（一八九八）修業年限三年が四年に変更され、同年一〇月に市制が施行されて大津市立西尋常小学校と改称。

明治三七年（一九〇四）二月に日露戦争が勃発。西尋常小学校は歩兵第九聯隊に近く、同じ学区であったので、四年生が北国橋で出征兵士を見送った。第九聯隊は明治八年（一八七五）三月八日に大津に移駐し、西南戦争では多大の犠牲者を出しながら激戦を戦い抜いた。三井寺の観音堂の上のテラスには紀念碑があり、明治天皇もお見えになっている。利一の小学時代は格好

西小学校正門　（国書刊行会『ふるさとの想い出写真集大津』より）

大津西尋常小学校　（国書刊行会『ふるさとの想い出写真集大津』より）

の遊び場だったろう。利一が西尋常小学校に入った頃は丁度日露戦争で民意が高揚している最中であり、彼の家の前を「この街にある聯隊の入口をめがけて旗や提灯の列が日夜激しくつめよせた。日露戦争が次第に高揚してきていたのである」（『洋燈』絶筆）。

利一が入学した明治三七年（一九〇四）に校舎二階建一棟を増築している。西尋常小学校はもともと運動場が手狭なのが創立以来の悩みであったらしく、これがさらに狭くなった。運動会を九聯隊の練兵場や大津商業学校の運動場で行ってきたし、三井寺の金堂前の広場も体操場に使用している。

明治四一年（一九〇八）修業年限が六年と定められたので初めて五年生を設置する。これに伴う児童数増加のため二階建校舎一棟を増築し運動場も拡張された。校舎はコの字型に建ち、その中に運動場があり、建物に取り囲まれたまことに狭いものであった。

明治四二年（一九〇九）第六学年を設置。利一は西尋常小学校最初の六年生になったわけである。利一の一年後輩にあたる谷口甚一郎氏が、西尋常小学校百年記念の「長等の今・昔座談会」で話されている内容から、利一の一年生当時の学童風景を伺い知ることができる――。

丁度日露戦争が勝った勝ったと云いかけた年（明治三八年）です。町内町内で提灯行列をやるのです。小学校へ初めて入って心身ともに非常に草臥れている時期でしょう。その上、晩になったら又引っ張り出されて提灯行列をしに歩かねばならぬ（略）運動場は構内が狭いので三井寺金堂前でやりました。（その後は練兵場になった。）雨天の時は、行く処がないので雨天体操場と称する土間の平屋に屯していました。当時は洋服というものを着ている人がいなかった。着物を着て、汚れるといって男女とも前垂れをしていました。だから今みたいに活動する余地はなかったので大きな運動場は必要なかった。

卒業写真では正装して制帽をかぶっているが、普段は通学の折には制帽は被らなかった。制帽はグリーンの線が入っていて各校ごとに色分けされていた。鞄やランドセルはなく風呂敷包みでした。頭は丸刈り、履物は町なので雪駄でした（近隣の村では草履）。先生は黒板に白墨で授業されたが生徒の学用品は石盤と蝋石でした。私の一、二年生ぐらいの頃の話で、中学年高学年になるとノートになり、低学年ももう石盤・蝋石は使わなくなっていった。

日露戦争の勃発により、父が、国家的要請によって朝鮮に渡り軍事鉄道の建設に従事することになり、利一は母と一緒に柘植に戻った。

前回（明治三六年早々）広島から戻った時は、静子がいる関係で伯母みつの家（母の実家の在所、野村の隣村）に落ち着いた。みつの家で「初めて私がランプを見たのは六つの時、雪の降った夜、（略）伊賀の山中の柘植という田舎町へ帰った時であった」（『洋燈』）。しかし、この時は半年ぐらいで利一たちはまた滋賀県の大津に移ってゆく。

今回また柘植に戻ることになったが、今度はみつの家ではなく、母の実家（叔母こすが養子百次郎を迎え中田家を継いでいた）に同居し、東柘植尋常高等小学校に転入したが、のち同村の梅田竹次郎氏の家に移った。

明治三九年（一九〇六）、利一が九歳（小学三年）の時、母が四日市の病院に入院した。静子は、「そこには母の姉妹二人がおりまして、何とか面倒は見てくれましたが、私たち子どもだけの生活は淋しいものでした。五間ぐらいある二階屋の一間で子供が抱き合ってやすんでいました」（『弟横光利一』）と述懐している。利一が伯母みつの世話で江州岡屋の吉祥寺（滋賀県蒲生郡鏡山村岡屋）に預けられたのはそれから間もなくであった。静子は母の世話があるので、そのまま柘植に残った。吉祥寺の住職は、みつの長男、阿頼耶順海（利一の従兄、当時二十歳）であった。みつは、当時夫の順教と一緒に、岡屋に近い朝国（滋賀県甲賀郡岩根村）の浄国寺から十里ほど離れた黄和田（愛知郡東椋村）の大森寺に居た。いずれも浄土宗である。

静子はこの時の様子を、「もらわれた仔猫のように、お寺の広い座敷の隅に黙って座り帰るのを見ていたという叔父の話を聞いて、可哀そうで私は泣いたことを覚えています。」（『弟横光利一』）と述べている。利一の最も寂しい時期であった。

寺の日課は、朝早く起きて時鐘を撞くことと、雑巾がけをすることであった。

由良哲次氏は、「利一が『そこの生活は淋しくてつらかったが、唯一の楽しみは朝夕鐘楼の鐘を撞くことであった。柘植の山河はそう遠くないと思った少年は、鐘の声が母に届けよと力の限り撞いた。』と語ったのを、忘れられなかった。」(『横光利一の芸術思想』)と述べている。また、

しかし今日に至るまでの彼の運命は必ずしも逆意的ではなかった。殊に彼をば、明日の糧のために身を心ならぬ悲境の労役に強いる如きことはなかった。しかし運命は彼に種々なる悲痛の味を盛ることを怠りはしなかった。これはかえって今日の彼を作るための恵みの賚《たまもの》であったかもしれない。横光は幼くして、一人田舎のお寺に預けられた。家を去り、肉親より別れ、殊に母親より離れた幼き彼は、ただ只管《ひたすら》に家を恋い母を恋うた。索漠とした寺院の孤独の生活の中に、彼には唯一の楽しみがあった。それは夕されば鐘楼に登って、入相の鐘をつく事であった。夕照の村と野を亘り、母までとどくであろう鐘の響きは彼には唯一の寂しい歓喜であった。横光は今日に至っても、なお真に孤独の寂寥に淋しい自らの内面の生活を持っている人である。私は今日の彼の作品にも常に孤独の人が撞く入相の鐘の「寂」の響きを聴く気がしてならない。しかもそこには、一つの「大いなる母」を恋ふ様な、空に響かせる寂しい愛の歎きがないであろうか。横光がみる美は、たとひ理知的の味を持ち、そして形相的の姿を持つものであっても、それには一つの愛が纏っている。

そしてそれが肉感的な響きを持たないのは、それが持つ特有の淋しさのためである。（同）

とも述べている。

利一はこの寺から一時、滋賀県蒲生郡鏡山尋常小学校の分教場の東小学校に通ったが、これは四年生の四、五月頃から夏休みの前までで、静子の哀願もあり、また元の柘植に戻された。明治四一年（一九〇八）の三月、利一は無事、東柘植尋常高等小学校を四年で卒業。丁度就学制度が六年制に変わったのでそのまま在学し、父の仕事（梅次郎は、明治四一年早々から、鹿関町に住み、主に第二疏水第一トンネル工事に携わった）の都合で、九月から上野町（現三重県上野市）の丸の内尋常小学校五年生に編入。母親と別れ、既に世話になっていた静子と共に、母の長姉きんの嫁ぎ先、岸家の世話になった。

翌明治四二年三月、静子が阿山郡立女子技芸学校（後の阿山高等女学校の前身）を卒業すると、五月に姉弟一緒に大津市鹿関町に移り、久し振りに一家四人の生活に入る。利一は再び西尋常小学校に転校、六年生に編入している。

第三章

小学六年生・高等科一年生

―鹿関町・肥前町など―

　父梅次郎の二度目の大津在住が明治四一年（一九〇八）早々と考えるのが妥当とすると、今回も京都市は鹿関町に住居を周旋し、前回の二軒隣の六十八番屋敷を与えている。同年九月に小菊を、翌明治四二年五月には、静子と利一を上野町より呼び寄せ、一家四人の生活に入っている。写真でも判るように、小関トンネルの東坑口から精々百メートルと離れておらず、しかも開口部の土手の縁の住宅だったと思われる

　往時の鹿関町の雰囲気は今日とは大違いであったろう。丁

小関トンネル東口の埋立水路工事（大津市鹿関町）
横光の家のすぐ横　（京都市上下水道局提供）

度、明治四一年四月から小関トンネルの東口の工事が始まった時期であったので、昼夜を分かたず行われる作業員の出入、資材の持ち込み、そして八時間ごとの発破などの工事音が響いていた。また、この時代の第一疏水は京都行きの交通手段の主力であり、京阪への物流手段としても有力であったし、疏水を経由する三井寺観光も今よりずっと盛んであった。さらに、九聯隊が鹿関町のすぐ近くに駐屯していたから、鹿関町界隈の賑わい、喧噪はかなりのものであったと想像される。

しかし、一家は鹿関町にはそう長くは居なかった。利一が西尋常学校を卒業した頃、大津の東端、肥前町四十一番屋敷（現松本二丁目十一乃至二十番の辺りと推定）に移っていったと考えられる。

井上謙氏の『横光利一　評伝と研究』四十六頁に、

明治四十三年（一九一〇）、利一は小学校を終えて、滋賀県立第二中学校（現県立膳所高等学校、明治三三年から明治三六年まで岩野泡鳴が英語の教鞭をとっていた）を受けたが失敗して琵琶湖に近い大津尋常高等小学校（現中央小学校）の高等科一年に入学した。ここでは西小学校の時より成績は上がり、振るわなかった体操も良くなって、同一人物とは思えないくらいの成長ぶりを見せた。体も丈夫になり、一年間皆出席であった。利一はここでのびのびと暮らしたようだ。打出浜、義仲寺、芭蕉の墓などへもよく遊びに行った。

とある。この「打出浜、義仲寺、芭蕉の墓などへもよく遊びに行った。」という記述は、おそらく直接または間接に利一本人から聞かれた言葉と思う。この三つの場所を揃えて遊び場としたのは、肥前町を含めて東尋常小学校界隈の生徒に限られると思う。このことからも一家が肥前町に移住した可能性は大きい。

更に利一自身が昭和一〇年（一九三五）八月に発表している随筆『琵琶湖』のなかで、

家内と行った時には早春であったが、夏の大津の美しさは、またはるかに早春とは違ってゐる。『唐崎の松は花より朧にて』という芭蕉の句は、非常に駄作だという俳人たちの意見が多いが、膳所や石場あたりから、始終対岸の唐崎の松を見つめている者でなければ、この句の美しさは分り難いと思う。（傍点は筆者）

と誇らしげに述べているのを見ても、彼が石場界隈乃ち肥前町に居住していたのではなかろうか。

利一の西尋常小学校六年生時代を顧みるに、先ず、『琵琶湖』に美しく描写している場面があるので、引用して掲げる。

　人は一年の終りになると、それぞれ自分の好きな来年の季節を待つものだが、私は何となく夏を待つ。夏は過ぎ去った楽しい過去に火が点いたやうで、去年の夏も今年の夏も区別がなくなり、少年の日が幻のように浮き上がって来るのである。船に灯篭を掲げ、湖の上を対岸の唐崎まで渡って行く夜の景色は、私の生活を築いてゐる記憶の中では、非常に重要な記憶である。ひどく苦痛なことに悩まされてゐるときに、何か楽しいことはないかと、いろいろ思ひ浮かべる想像の中で、何が中心をなして展開していくかと考えると、私にとっては、不思議に夜の湖の上を渡って行った少年の日の単純な記憶である。これはどういう理由かよくはわからないが、油のようにゆるやかに揺れる暗い波の上に、点々と映じてゐる街の灯の遠ざかる美しさや、冷えた湖を渡る涼風に、瓜や茄子を流しながら、遠く比叡の山腹に光っている燈火をめがけて、幾艘もの燈篭船のさざめき渡る夜の祭りの楽しさは、暗夜行路ともいうべき人の世の運命を、漠然と感じる象徴の楽しさなのであらう。象徴というものは、過去の記憶の中で一番強い整理力を持ってゐる場面から感じるものだが、してみると、私は夜の琵琶湖を渡る祭がそれなのである。この時は、小さな汽船の欄干の上に、鈴のように下がった色とりどりの提灯の影から、汗ばんでならぶ顔の群れが、いっぱいの笑顔の群れとなり、幾艘ものそれらの汽船の、追いつ追われつするたびに、近づく欄干はどよめき立って、船ばた目がけて茄子や瓜を投げつけ合う。船が唐崎まで着くと、人々はそこで降りて、今はなくなった老松の枝の下を繞り歩いてから、又汽船に乗って帰って来る。

日は忘れたが、何でもそれは盆の日ではなかろうか。大津の北端に尾花川という所がある。ここは野菜の産地で、畑から這ひ下りた大きな南瓜が、蔓をつけたまま湖の波の上に浮いていた。この剽軽な南瓜は、どういうものか夏になると、必ず私の頭に浮かんでくる。尾花川の街へ入る所に疏水の河口がある。ここから運河が山に入るまでの両側は、枳殻が連なっているので、秋になると、黄色な実が匂を強く放って私たちを喜ばせた。運河の山に入る上は三井寺であるが、ここ境内一帯は、又椎の実で溢れたものだ。去年私は久しぶりに行ってみたが、このあたりだけは、昔も今も変ってゐない。明治初年の空気のまだ残っている街は、恐らく関西では大津であり、大津のうちでは疏水の付近だけであらう。（傍点は筆者）

利一が、「私の生活を築いてゐる記憶の中では、非常に重要な記憶である。」と述べている「船に灯篭を掲げ、湖の上を対岸の唐崎まで渡ってゆく夜の景色」とはどういう行事だったのか、私の見聞ではよく分からなかった。瓜や茄子が登場してくるところを見ると、オショライ

（お精霊）様の送り火のことと思う。大津や湖西地方では、八月一三日から一六日を盂蘭盆会と称し、ご先祖の霊を我が家に迎えて、季節の野菜や果物（茄子や瓜、西瓜など）を供え、僧侶が夫々の檀家を巡り読経する習わしがある。そして一六日の朝から夕方にかけて、場所によって異なるが、庭や玄関で麻木や麦藁で作った船を焚いて精霊をお送りするわけであるが、橋本鉄男氏の『日本の民俗　滋賀』によると、湖岸に近い地方では麻木の船に紙の帆を立てて、盆のお供えをその中に載せて沖の方に送り出してから火を付けるところもあった。鹿関町の奥村氏（第二章参照）の話では、戦後は川口堀に纏めて火を付けて送り火にした、とのこと。何れにしろ、利一が感動して述べているような風習は見当たらない。想像するに、湖南汽船が大津の人々の希望を取り入れて考案したお盆の新企画ではなかったろうか。私の幼少の昭和一〇年代には既にこのような遊覧船による企画はなくなっていたし、風聞もなかった。恐らく唐崎の松の枯死した大正一〇年頃になくなったのだろう。利一が記憶の中心においている「夜の景色」は、利一にとって年を取るに連れて父の面影と共にますますはっきりと刻まれていったことだろう。

父は職業柄、家族と一緒に暮らすことの少ない人であった。偶々この年は、家族と同居していて第二疏水の工事に携わっていたお蔭で、琵琶湖岸での盂蘭盆を迎えたわけである。梅次郎にとっては郷里を遠く離れた盂蘭盆ではあったが、家族と共にお精霊をお祭りし、一家のこの後の平安を祈念する真摯な気持ちがあっただろう。家族とともに仏前にお参りして、皆で、八月一六日の夕刻第一疏水河口の三井寺下（三保ヶ崎）の桟橋から唐崎行きの湖南汽船に乗り、送り火の代わりに提灯を掲げ、瓜や茄子を湖に流してご先祖の御霊にお別れを告げたことと思う。唐崎まではほんの一駅で一人片道六銭の船旅であった。蛇足ながら加えると、唐崎は日枝大社の分社で、盂蘭盆のお参りにしては少し奇妙な感じもするが、梅次郎にとっては、家族一緒に先祖に挨拶することの方がずっと大切だったのであろう。小説『比叡』（昭和一〇年一月）で、利一が父の十三回忌に京都東山の大谷廟堂にある父の墓参りをしている。父は真宗大谷派（東本願寺）の門徒であったと思われる。因みに、唐崎辺りの行事として、七月二八、二九日の宵に行われる唐崎神社のみたらし祭りが有名である。

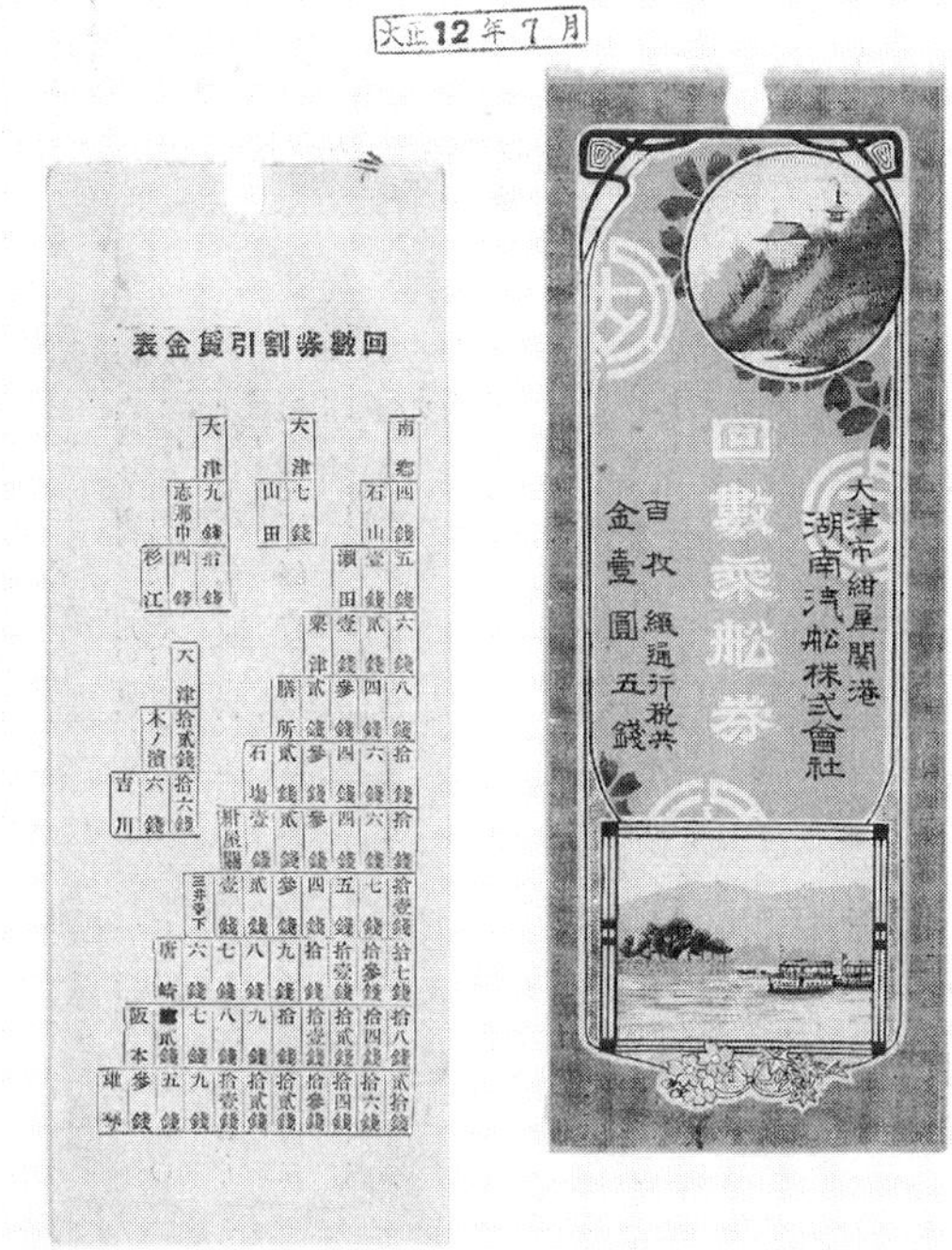

湖南汽船乗船券（大正12年）（天理参考館蔵）

岸近くの湖中に鳥居を立て湖中の祭壇に積み上げた願い串に松明の火を移し、燃え盛る願い串の火が赤々と湖面を照らすと、人々を幽玄の世界へ導く。

次に「疏水の両側に連なっている枳殻《からたち》」のことであるが、河口から疏水トンネルの入り口の方を眺めると、両側に、高さ一・五メートル位、幅五十センチメートル位のきれいに刈り込まれた枳殻の生垣がトンネルの入り口近くまで連なっており、その外側に半分位の高さの木杭を打ち込んで作られた柵が生垣に押し付けられるように連なっていた。生垣全体が複雑に絡み合った長い棘のどす黒い緑色の塊で、大人も学童たちもあまり近寄ろうとはしなかった。四、五月頃、生垣の内部に小さな白い花をつけるようだが、誰も気にする人はいなかった。「秋には黄色い実をつけて強い匂いを放つ」と利一は述べているが、私の印象では、たまに棘の間に深緑の小さな実がぶら下がっているのを見かけたぐらいで黄色く実ったのまでは見たことがなかった。真夏の日中には埃をかぶって、通行人の暑さを増しているようにも思えた。利一がずっと後になっても、三井寺の遠景と結び合わせて黄色い実の強い匂いを心象に刻み付けているのはやはり文学者としての感覚の鋭さとも思われる。また、この鹿関界隈の情景は疏水の堰を落ちる水の轟音とともに、利一が父や家族と一緒に過ごした少年の日の僅か一年の生活だっただけに、利一には生涯忘れ難い大切な記憶となったのだろう。利一はその後も、事に触れて度々

疏水屋形船　大津と京都間で運河として利用され、遊船は30隻が運行していた。（国書刊行会『ふるさとの想い出写真集大津』より）

この地を訪ねている。

「からたちの花」（北原白秋作詞　山田耕作曲）は大正一四年（一九二五）発表であるが、山田耕作自伝の中で、「養子に出され活版工場で勤労しながら夜学で学んだ。工場でつらい目に合うと、カラタチの垣根まで逃げ出して泣いた」と述懐している。この歌は、耕作のこの思いを白秋が詞にしたものである。

からたちの花が咲いたよ
　白い白い花が咲いたよ
からたちのとげはいたいよ
　青い青い針のとげだよ
からたちは畑の垣根よ
　いつもいつもとほる道だよ
からたちも秋はみのるよ
まろいまろい金のたまだよ

からたちのそばで泣いたよ
　みんなみんなやさしかったよ
からたちの花が咲いたよ
　白い白い花が咲いたよ

この童謡は広く歌われるようになって利一も口遊むことがあったろう。そして、家族の縁の薄かった自らの小学校時代を思い返し、鹿関町の心象風景を一層記憶の中心に置き続けることになったのだろう。

椎の大木は三井寺の境内では金堂を中心にあちこちに見られたが、観音堂界隈は杉林か赤松になっており、ここでの椎の実拾いは、子供たちの間でも余り行われなかったようだ。利一の住んでいた鹿関町周辺の子供たちは地の利を得ていた訳である。あの辺のお屋敷にも椎の木はよく見かけた。近所の友達と一緒に椎の実を拾ってその場で皆で食べるのが普通だが、偶に、持ち帰って母親に炒ってもらって姉と一緒に食べたのが利一には忘れられなかったのだろう。

更に三井寺境内に関連して、『琵琶湖』のなかで私の興味を惹く次のような記述をしている―、この奥の院をなほ深く、どこまでも行くと、京都へ抜ける間道のあるのは、殆ど土地の人さへ知らないことだがここをほじくれば、一層珍しいさまざまなところがあるに相違ないと私は思ってゐる。私はそこの道も通ったことがあるが、道の両側は、殆ど貝塚ばかりと思へる山々の重複であった。

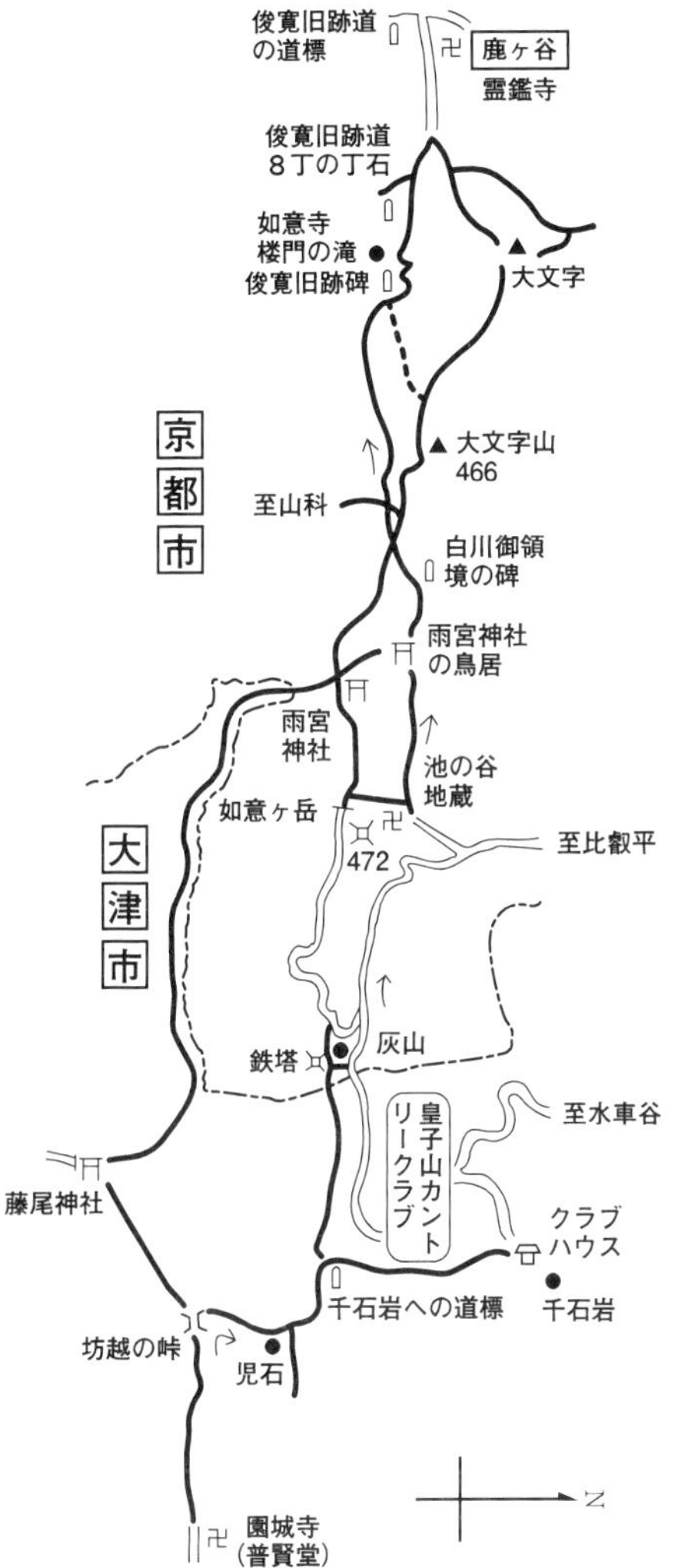

如意越地図（大津市『大津の道』を参考に作成）

私はこの文章を読んで、そしてもう一度読み直しても合点がいかなかった。私も昭和一〇年代に、利一と同じ西尋常小学校で学んだわけだが、利一のいうような道があることは、遊び友達の悪童たちは元より先生方からも聞いたことはなかった。大津から京都へ行く道は東海道の逢坂越えは別にして、小関越え、山中越えに決まっていたし、遠足にもどちらかの道を通って行った。私より古い時代に、而も大津に住みついてまだいくらも経っていない利一が、どうしてこのような間道を見つけたのか、そして、どうして記憶に残る大津の道として文章に書かなければならなかったのか、不思議でならなかった。従来の近江を取り囲む峠道の本も調べてみたがよく分からないまま気には掛けていた。偶々大津市史編纂室発行の『大津歴史文庫のシリーズ』を懐かしさのあまり買い求めて眺めていると、シリーズのひとつに『大津の道』があり、その目次の中に山中越え、如意越え、小関越えと続いていることを見つけた。中を繰ってみると、間違いなく三井寺の奥の院から始まって如意岳、大文字山の中腹を横切って京都の鹿ヶ谷に至る道であった。さらにその気になってみていると、伏木貞三著『近江の峠』に、志賀峠(山中越えのこと)、如意越え、小関越えとあった。尤も伏木氏は「此奥俊寛僧都山荘地」の石碑のある京都側から入っている。この山中一帯は如意寺があって、三井寺蔵の重文如意寺古地図には月輪門の背後にひしめく堂塔伽藍が描かれている。『近江の峠』に面白い記述がある――「笹

園城寺境内古図　如意寺　（京都国立博物館所蔵）

の中の道を五分も登ると、大文字山の山頂である。頭の欠けた三等三角点がある」。恐らく第一疏水の測量の遺産であろう。なぜ伏木氏がこのような記述を残したのか不思議に思う。如意寺は三井寺の別院として平家物語の頃から鎌倉時代にかけて栄えたが室町時代の戦乱で途絶えてしまった。江戸時代は途中の「池ノ谷地蔵」が有名で現代に至っているようだが京都側からの参詣が殆どと考えられる。この道は以仁王が京都から逃れて三井寺を頼りに源氏再興の烽火を挙げた道として歴史に名を残している。

　利一がこの道を大津で一番記憶に

残る道として挙げているのは、父に連れられて京都に行った思い出が忘れられなかった、からと思われる。「奥の院の夏の土の色の美しさと静けさは、あまり人々の知らないことだと思う。あそこの土の色の美しさには、昔の都の色が残っている。」（『琵琶湖』）と述べてくれているのは、この奥の三井寺十景の琴緒谷の蛍や清流と共に、今後とも静謐な佇まいが保たれることを、この地に生まれた者として願ってやまない。利一が奥の院に詳しいのは、（私の少年時代がそうであったから言うのだが、）奥の光明院辺りで日曜学校が催されていて、皆で誘い合って楽しいひと時を過ごしに行っていたかもしれない。「ここをほじくれば、一層珍しいさまざまなところがあるに相違ない。」と述べてくれているように、利一が戦後も健康で長生きしていたら、きっと如意越えの新しい構想を書き加えてくれた気がしてならない。

それにしても、梅次郎が第二疏水工事の真最中の時期に利一と一緒に如意越えをした理由がよく判らない。梅次郎自身はこの道を第二疏水の企画段階以来、測量図の作成などで何回も通っていたことと思われるが、多分、利一が上野町から移ってきて京都案内をしてやったときに利用したのではないかと思われる。しかし、当時の京都行きは疏水経由が普通である筈である。

小説『比叡』を読み進めると、「大津は彼が最初に学校へ行った土地でもあり、殊に六年を卒業するときに植えた小さな自分の桜が二十年の間にどれほど大きくなっているか見たかった。」とある。

利一の西尋常小学校（以下、西小学校）六年生のときの級友、川合重太郎氏の随筆『少年横光利一の思い出』によると、利一たちの記念植樹は学校内ではなくて長等公園の造成の一環であったことがわかる。長等公園は大津市が初めて企画した公園で、明治三五年（一九〇二）に三井寺の南に連なる長等山の山麓約八ヘクタールの国有林の組替の許可を得、その後拡張開発して明治四一年（一九〇八）に大津初の都市公園として開設を成し遂げた。『ながらのさくら』によると、明治四一年七月八日大津市各小学校会を開き、長等山に植樹を協議し、長等山絶頂に地をトし、桜楓三十株を植える。翌四二年再び校長会を開き、各学校卒業生及び修業生証書授与式を行うにつき、その前後において生徒一人につき各金十銭以下を拠出し長等山一帯に桜楓樹を満栽することを謀った。一人一本宛とすれば苗木弱小にして成木覚束なき虞《おそれ》あるをもって一本三十銭から五十銭のものを購入することと

明治42年大津西小学校の記念植樹（西川太治郎『ながらのさくら』より）

した（市内の五小学校がすべて参加している）。このうち西小学校関係の記述のみを摘載すると、

西小学校　三井寺御幸山方面へ　六百本

上記につき編者より各小学校の記録を紹介せし處下記のごとし

西小学校長回答（要点のみ記す）

一、明治四十二年三月二十五日

職員及び全校児童一人につき桜樹一本宛

（生徒　九百五十三名　職員十八名）

御幸山一帯にわたり植栽（当時の記念写真は本書に掲載）

（注）大津市誌によると、「明治四十二年下旬　植栽　桜苗　長一丈内外　六百本　大津西尋常小学校」

とある。

一、明治四十三年三月　前同様　生徒一千五十五名　職員十九名

一、編者註　四十二・三年度は生徒一人十銭以下

利一たちが長等公園に桜苗を植樹したのは明治四三年（一九一〇）三月の丁度六年生卒業の月にあたっている。

長等公園夜桜遠望（西川太治郎『ながらのさくら』より）

この公園の立地は西小学校の学区の南端にあたり、学童にとっても戦争ごっこや夏のラジオ体操など思い出の多い場所であった。また、高観音や園内の高台からは大津市街や琵琶湖が一望でき、桜楓の名所としても市民や観光客からも喜ばれて今日に至っている。

頂近くの桜ヶ丘には平忠度が都落ちの際に詠んだと伝えられる、

さざ波や　志賀の都は荒れにしを
　　昔長等の山桜かな

の歌碑が建てられている。

高観音の中腹には相宜亭という温泉旅館があり、明治二四年（一八九一）九月一二日、後の月見に尾崎紅葉らが来遊している。

下戸一人月に端居の寒さかな　　紅葉

『琵琶湖』の最後に、利一の見た大津の土地柄について述べている。利一の性格の一面にも感じるところもあり、少し長いが文末まで掲げておく。

青年時代に読んだ田山花袋の寄稿文の中に、琵琶湖の色は年年歳歳死んで行くように見えるが、あれはたしかに死につつあるに相違ない。というようなことが書いてあったのを覚えてゐる。私はそれを読んで、さすが文人の眼は光ってゐると、その当時感服したことがあった。今も琵琶湖のそばを汽車で通るたびごとに、花袋の言葉を思ひ出して、一層その感を深くするのだが、私にもこの湖を見る度に、沼のやうにだんだん生色を無くしていくのを感じる。大津の街は湖に面した所は、静かで人通りも少なく、湖に遠ざかるに従って賑やかになってゐるが、あれを見ると湖の空気といふものは、そこに住む人々の心から活気を奪うのであらう。近江商人というものは、自国では繁栄せずに、他国へ出て成功するのが特長であるのも、色々な原因があるであらうが、一つは湿気を帯んだ湖の空気に、身も心も胆汁質に仕上げられ、怒りを感ぜず、隠忍自重の風が自然と積上って来てゐるためかもしれぬ。この観察は勿論滑稽なところがあるが、絶えず飽和している気圧の中にいる住民よりも、忍耐心の強くなることは事実である。

一体胆汁質というものは、胆汁質それ自身では成功はし難く、他人の褌で相撲をとって初めて役に立ち易いもので、腹黒とか陰険だとかいはれるのも、自然と他を利用するように出来上ってゐるからである。私は去年大津の街を歩いてゐて、ぶくぶく膨れてゐる人の多いのに、今さら驚いたのであるが、大津地方の人は、物事にあまり感動を現はさない。むしろ他人には冷胆なところがあるやうに思ふのは、私だけではないだらう。

濱川勝彦氏が、柘植と上野の土地柄と利一の性格育成と環境の影響について言及している一文があるので、参考までにその要点を紹介させていただく。

「伊賀は経済、文化の面ではむしろ西の大阪、京都を志向している。この盆地の東北の隅に、横光利一の母の里、柘植がある。柘植は京都に似て夏暑く、冬底冷えのする伊賀盆地にあって、ひときわ冬の寒さが厳しい。また伊賀盆地は、霧の濃いことで有名であり、横光も屡々、伊賀の霧の美しさに触れている。とりわけ柘植の霧は濃い。とくに秋冬は琵琶湖からの冷たい北風が吹き抜け、霊山あたりの山地につきあたり、雪を降らせ、霧を発生させる。上野あたりが晴天の時でも、柘植の気象だけは予測がつかない。」

「こういう自然条件は、また、そこに住む人々に、上野と異なる生活様式を与えるものらしい。上野の人々は伊賀盆地の政治、経済、文化の中心という誇りが濃厚であり、木津川に沿い、目は西、大阪、奈良、京都を向き、それ故、旧来の慣習、伝統を遵守しようという傾向が強い。悪く言えば、保守的になってしまう。しかし、東北の隅・柘植は、むしろ先ほどの地峡を北へ、むしろ、甲賀、草津、江州の方へ親近感を持っており、江州気質への接近がみられる。柘植は、伊賀盆地の中心・上野を意識しつつ、実質的には、甲賀、江州と密接な関係を持っていたようである。」

「明治の文明開化にあたり、伊賀で一番先に鉄道が敷設されたのは、明治二十三年二月、柘植〜草津間であった。近年、芭蕉の生誕地をめぐる上野と柘植の対立では、横光は自ら後に母を通して芭蕉の血が流れていると信じ、芭蕉は柘植で生まれたと考えている。」

「横光利一が、父の仕事の関係で各地を転々としたことは、よく知られているが、小学校に入学する頃からの彼を見ても、滋賀（大津・岡屋）と柘植と上野を、目まぐるしく動いている。柘植を中心に考えると（横光に「小学校にいたころの記憶を故郷とすれば、私の故郷は伊賀の山中である」という発言が『三つの記憶』にある。）滋賀と上野を巡り歩き、後、山科の姉・静子の家、両親も山科に住むという風に、上野と共に江州方面での生活も見逃せない。父親は余所者、柘植に落ち着くこともなく他国を放浪しており、伊賀には見られぬ「横光」姓を名乗り、本籍は九州で、発音に関東のアクセントを持つ、紺絣に羽織の子供・利一は「トッシャン」と呼ばれ親しまれながら、土地の子とは一線を画されていた。母親の病から、一時、江州の岡屋にある吉祥寺に姉と離れて一人預けられたことのある少年の、孤独と外界への用心深い反応は、想像にあまりある。」

大津で西小学校での少年時代を過ごした者の一人である私から見ても、利一の大津の土地柄への考察は、短い文章ながらよく琵琶湖周辺の土地柄を言い当てている。濱田氏の論攷は、柘植と大津の土地柄を分けているが、私の感じでは、むしろ気候風土とも琵琶湖周辺と柘植は一衣帯水ではないか、と思う。母小菊の忍耐心や利一の結婚についての考えなど、まるで大津の人のようである。利一が自らの出自について余り話したがらなかったこと、母方の親類筋とほとんど付き合っていないこと、などにこの土地柄を感じる。一方、利一の西小学校六年や大津小学校時代の級友と、東柘植尋常小学校時代の級友との生涯にわたる交流をたどってみると、極端に違っている。利一は大津の街を愛し、キミと一緒に暮らした月日は勿論、その他にも度々訪れている。しかし大津で交流した級友はひとりもいないし、書簡の往復も皆無である。一方、柘植の級友とはかなり頻繁に親密な内容の書簡の往復を行っている。が、終に一度も柘植を訪ねていない。しかも書簡の中で「また柘植へ芭蕉の帰られないことも、よく頷かれるところがあります。これは皆さんの御存知ないことです。好きなればこそ帰れない、という苦しさ、これは文人ならでは分らぬことです。」とよく解からぬ理由を述べている。にも拘らず、利一の死後かなりたってから、級友らにより柘植の地に文学碑を建立する情熱をもって寄付金が集められ、昭和三四年（一九五九）一二月一五日に竣工式を迎えられている。利一との生前の誠実な友誼に感動する。

ここからは、主に西小学校六年生の頃と大津尋常小学校（以下、大津学校）高等科での学校生活について述べる。

西小学校六年生のときは、利一にとって久し振りの一家四人そろっての生活であった。前述のように、住居は、近くの第一トンネルに向かう第二疏水開渠部の工事現場のすぐ傍であり、一日三回はダイナマイトの破裂音を耳にするような喧騒な処であったと思われるが、利一にとっては楽しい毎日であったようだ。この一年は大活躍のようである。姉静子は、「その頃から柔道、野球と運動にはとても熱心でしたが、柔道は寒げいこに朝五時ころから友達と誘い合わせて、今日はおかゆが出たとか、あめ汁だったとか、お腹がへっているからおいしいぞとよく話しました。それから又唐崎まで泳いで、青ふんどしをもらって喜んでいた事もありました。」と回想している。青ふんどしは当時の子供仲間では羨望の的だったと思う。誇らしげに仲間に交じって水遊びに興じる姿が静子さんならずとも目に浮かぶ。当時の遠泳は大津中の小学校合同で、大津尋常高等小学校脇の紺屋ヶ関から唐崎まで直線で約四千メートルで行われていたようだ。（私の父〔明治四〇年生れ〕が遠泳に参加したことを、時々自慢げに話していたのを思い出す。利一より十年ほど後輩なので青ふんどしではなく、確か横線入りの水泳帽を貰ったようだ。色は忘れた）。柔道の寒げいこはどのようにして行われたのか、組織も場所も見当がつかない。私が西小学校に通っていた昭和一〇年代にはもうこのような鍛錬はなくなっていた。夏休み期間に長等公園に行ってラジオ体操に参加するぐらいであった。

井上謙氏の調査でも、学校の出席率はすこぶる良く、身体は丈夫であったようだ。同級の川合重太郎（下大門町）、鳥飼嘉一郎（東今颪町）、木村政太郎（水揚町）の各氏にお会いになっているが、鳥飼、木村両氏の話として「特にこれといった強い印象はない。おとなしい性格で、本が好きだったように思う。『日本少年』を読んでいた。」とある。鳥飼氏は大きな雑穀屋の主人だったと記憶、息子さんと私は西小学校で同じ組であった。

西小学校六年生の頃の利一の活動について、同級生で家も近かった（利一のいた鹿関町と丁度疏水事務所を挟んで一筋ちがいの下大門町）川合重太郎氏の思い出の記『少年横光利一の思い出』を全文掲載して長く記録として留めたい。

人なつっこい横顔

横光君が西学校（長等小学校の前身）に転入してきたのは五年からではないかと思う。それ以前の学級の写真には一切写っていない。今の三井寺下モータープールの所で三、四十名男女各一学級の小さな学校であった。それが義務教育が延長になり、僕らはその第一回の生徒となったわけだ。当時横光君のお宅は鹿関橋の近くで二階建て棟割二軒屋の一つであった。教室内の状況は覚えはないが、遊んだことは印象に残っている。何しろお互いに家が近く付近に同級生もいなかった。

横光君といえば先ず人なつっこい温厚な人物がすぐ頭に浮かんで来る。遊ぶ場所は勿論道路上、といっても舗装こそしてないが今の道路と道幅は変らないし、家並も軒下三尺は道から離れて居り、余裕があった。そして交通量が断然ちがう。自動車、自転車は一切なく人々は全部徒歩。たまに人力車、荷物は大八車が通る程度。電灯はまだなく家の中はランプ、ホヤの掃除が子供ながらに一仕事であった時代。

土曜日曜ともなれば格好な空き地があった。旧長等校舎跡（合同宿舎アパート群）から長等神社にかけて広い野原であった。そこを飛び回った、当時出はじめたゴムマリを使って数人で三角ベースをやったものだ。ゴムマリを手でとばすだけのものだ。また三井寺下の表坂裏坂を上下して観音堂の碑の所で陣とり合戦もした。遊び仲間にはいつも横光君がいた。

そして僕のことをいつも少しなまりのあるアクセントで「重ちゃん」ときれいによんでくれた。他の友人は「重やん」であった。

古きよき時代の大津

ここで二つの思い出を書きたい。一つは六年の卒業写真。式がすんで一同晴れ着姿であの大門の所に行ってとったのが横光君が入っている唯一のもので、印刷も当時としては最新のものと聞いた。もう一つは桜の植樹である。高観音から長等公園にかけて北側に各自一本ずつ記念に寄付した。いつ頃か忘れたが皆自分の背よりやや高い位の桜の木を丁寧に植えてうれしそうに記念写真をとったことを八十歳になった今もはっきりおぼえている。桜の木はその後、急に心なき人々に荒されて一本も残っていないのはさみしい限りだ。

六年を卒業すると(明治四三・三)膳中を受けたが、横光君はおしい事に入学できずに大津校の高等科に入った。この時には西校から行った同級生から色々と学芸会で横光君が活躍した事は大分後から聞いた。そして一年してから母方の郷里の上野中学から早大に入ったはずだ。因みに横光君の父君は当時すでに始まった第二疏水工事で来ておられたようである。かくして彼と僕との淡い関係はわずか二年足らずであったが、今思い出しても心地よい、あっさりしたものであった。

ここでちょっと当時の交通事情をふり返ってみたい。当時の中心は何といっても浜大津で、汽車は浜大津（旧江若駅）からマッチ箱のような横から出入りする客車に乗り、馬場（膳所）より本線にのりかえた。また上関寺のトンネルを出た所に大谷駅があって、そこから京大阪へ行った。大津駅はまだなかった。京都へは第一疏水がよく利用された。カンテラの火を頼りに雫に濡れながらトンネルをくぐるのはあまり心地よいものではなかった。蹴上まで二時間以上もかかったと思う。僕らが膳中に入学して間もなく電車が出来た。初めは浜大津石山間だった。

浜大津港は湖上交通の集中点で、北湖は太湖汽船、南湖は湖南汽船と分れ遊覧よりも唯一の貨客輸送機関として案外利用されていた。埋立地は一切なく電車線路から外側はきれいな湖がせまり、今の川口公園なんかも小船が野菜その他をもって来て賑わった。

東京生活に心残り

膳中卒業（大四・三）後、大多数は関西の各学校に進学したが、僕ら数名は東京に遊学した。僕は学校卒業後中学校の教員になり、以後長らく東京生活をした。その時分に若き作家としての横光君の名前をよく耳にした。然しその方に関心のなかった僕はあの横光君とはつゆ知らず、同姓同名位にしか思わなかった。今にして思えば、あの時分に「おい横光君」と昔話に花を咲かせたかった。いまだに心残りである。

川合重太郎（一八九九〜一九八六）略歴
旧東京府立五中、小石川高校教諭、都視学官を経て、滋賀大学教授
著書　『最新研究外国地理』　山海堂出版部　一九三〇年
『最新研究日本地理』　山海堂出版部　一九三三年
主要論文　（滋賀大学学術情報リポジトリより）
愛知川上流地域の人口変化とその型について（一九五七年）
近江盆地周縁山村の研究（一九六一年）
長浜市における工業の分布と立地について（一九六一年）
麻織物業の成立と発展…近江蚊帳について（一九六二年）

大津学校高等科一年生の頃の記録は、利一本人のものも含め、西学校六年生の頃に比べて、極めて少ない。井上謙氏は、「西学校の時よりも成績は上がり、振るわなかった体操も良くなって同一人物とは思えないくらいの成長ぶりをみせた。体も丈夫になり、一年間皆出席であった。」としているが、姉静子が思い出に書いているように、元々、小学校の時から頑健で活発な子であったと思われるので、特に変わったわけではなかろう。利一が大津学校の高等科に入学の頃、父は京都市の第二疏水の工事と縁を切って、一家は肥前町に移ったと思われる。そし

て、父は、個人の請負業の常として、所謂端境期に出会うことになる。小さな測量の仕事を拾いながら、彼の得意とするシャフト式トンネル工事の知見を活かし難航している宇治川電気の工事に再参加する努力を重ねたのではなかろうか。しかし、有力な縁故もなく、技術的にも次第に現場に受け入れられなくなっていたのではなかったか。そして一家の生活は次第に険しくなっていったのだろう。父は朝鮮行きを決心し、一家を上野町に戻すことにする。一家の雰囲気は決して明るくはなかったであろう。このような状況でも、両親は教育には熱心であったと思う。利一は上野町へ戻り三重三中を受験するように促され、利一も家庭の事情を考えて勉強に精を出したと思われる。

『悲しめる顔』の中に「私《うち》が女学校の三年の時やったで、金さんが六年の時やったかしら」という一文がある　姉は利一と一緒に大津の鹿関町にやって来るとすぐに、当時南保町（現大津市中央三丁目）にあった市立実科女学校に転校。そして利一が大津学校の高等科（現大津市島の関）に入学すると、二人は一緒に登校する機会も多かっただろう。丁度路を挟んで斜め南側の方向に女学校があった。姉にとっても心の弾む通学路でもあったようだ。「この私の姉にも幸福な時代が矢張りあったのか知ら。あの無闇に人間を擽《くすぐ》る恋に笑った時代があったのか知ら。義兄は日日の役所通ひの折々、道を廻って姉を見に行くのが何よりの楽しみであったと云う。」（『姉弟』）後に静子の夫となり、作家横光利一のよき理解者となり支援者となる中村嘉市は、当時国有鉄道の馬場機関区に勤める機関士であったので、馬場駅に近い大津市の東端の松本地区か肥前町界隈に寄宿または下宿していたと思われる。中村嘉市については次章で述べる。

利一は、目指した三重県立第三中学校（現県立上野高等学校）に無事合格し、入学する明治四四年（一九一一）四月に合わせて一家は三重県上野町萬町に移っている。そして、母親が渡鮮したので姉と共に、再び桑町の岸家の世話になった。利一の中学時代の保護者は伯母きんの息子、岸鹿百がなっている。

鹿関町雑記

利一が生涯にわたり何度も訪問し懐かしがっている鹿関町について二、三記録しておいた方がよいと思われる事柄を記しておく。

静子が、「子供の頃自分の家のあった疏水に面した鹿関町の（以前マギニスという英国人が住んでいました）角の二階を借りて一月ばかりおりました。」（『弟横光利一』）と述べているマギニスの住んでいた角の家は鹿関町三五番地で七十一番屋敷に相当する。京都市は第二疏水による水量増加に伴い、第一疏水の閘門のわずか十間（十八メートル）北側の位置に、地下九・二メートルまで掘り下げて基盤を固め、ここに高さ九・二メートル、幅三・九メートルの制水門を設けることになった。ここに英国製のストニー式の扉（高さ四・一メートル、幅四・〇メートル）を設けることにした。この工事の据え付け指導に来日したのがマギニスである。従って、横光一家が鹿関町に居住していた頃、丁度マギニスは角の屋敷に滞在していた。横光の家は六十八番屋敷であったから三軒隣にあたる。マギニス、横光の住居は京都市で周旋したか、京都市が借り上げて提供したものと思われる。なお、第二疏水の制水門のメーカーは未調査である。

利一が鹿関町に居た頃、鹿関町界隈では、大津では結構名の通った祭が行われていた。

・千団子祭（五月一六、一七、一八日）
三井寺山内、鬼子母神のお祭り、植木市が有名で朝顔、きうり、茄子など季節の苗木を持ち帰り、親子で夏の成長を楽しむ。露店や見世物も多く子供たちの楽しみであった。

・朝瓜祭（七月二二、二三日の宵）
利一の氏神で疏水のトンネルの入り口脇の三尾神社境内の日御前神社のお祭り、町の人々が大抵浴衣掛けで朝瓜をもって参拝する。

・地蔵盆（八月二三、二四日）
大体各町内ごとにまたはお地蔵のある町角で、子供中心のお祭り。

・大津祭（一〇月一〇日）

これは鹿関町ではないが、大津の中心部で行われる最も規模の大きい祭礼で華麗な屋台のある山車が連なって、氏子の各町内を巡行した。利一の通っていた大津学校も南保町で氏子であった。

活発な利一少年は恐らく家族の誰かと一緒にまたは友達と誘い合ってこれらの祭りのすべてに出かけて行ったのではなかろうか。利一がこれらの祭りについて何ら書き残していないのは、大津を郷里とする私としては淋しく思う次第であるが、この頃、父は宇治川電気への応援で忙しく、自宅に戻る日も少なかったことであろう。精々、盂蘭盆会を家族と過ごすのが、精いっぱいだったと思われる。

利一の中学時代、母小菊、姉静子と共に（上野高校同窓会文庫提供）

私が不思議に思うのは、鹿関町は勿論、大津の人たちは京都との往還に大抵目の前に乗船場のある第一疏水を利用していたと思うし、利一にとっては、父が現に参加している工事現場でもある第一疏水、分けても第一トンネルの往還について何の記述も残していないことである。

第四章
山科・松本時代

利一が、大正五年（一九一六）三月一五日、三重県立第三中学校五年を卒業し、早稲田大学高等予科文科（英文科）に入学し上京、同年九月頃、里枝事件（後述）を契機に山科に帰郷してから、大正七年四月、高等予科文科の原級第一年に再入学するまでの期間を、彼の〈山科・松本時代〉として記す。

姉、静子は四年前（大正元年頃）に中村嘉市と結婚して大津市松本宮前（現大津市石場四丁目）に住んでいた。子供は未だいなかった。嘉市は気さくな人柄で、利一が来るのをいつも歓迎し、時々たしなめることもあったが、同情もしていた（井上謙氏）。利一もこの期間の半ばは、松本で過ごし習作も重ねた。

利一の早稲田進学については、第一章に記したように、「父は自分の後を継がせるために京大の工科に進ませる方針で高等学校に行くよう言ってましたが、なんでも自分の好きな先生がいるとかで、早稲田に行くといって聞きませず、二、三の親戚のものも父と同じことを言って聞かせたものですが、とうとう無理やりに早稲田に行ってしまいました」。母、小菊や姉は柘植の出身者として利一の将来への期待は同じような考えであったと思われる。

親戚の反応を岸宏子『いのちは青くもえている』の中の「思い出の人々—横光利一氏のこと—」から拾ってみると、「中学校を卒業してからの横光さんの事はよく知らない。何の消息も知らせて来なかったが、大学の文科に這入ったことが知れた時、（岸宏子の）父も母も体育科というのならわかるが文科とはどうだとあきれあった」とある。

『弟横光利一』の行間から想像すると、「小学校時代の話になり私が同窓の斎藤しづえさん（元の斎藤国警長官の姉さん）の言葉を思い出し」と誇らしげに書いている。斎藤氏は利一より後輩ではあるが、郷土出身で中央に出て立身出世した柘植の女性の理想像である。この辺りは江州の女性の理想像と相似ている。

因みに斎藤氏の履歴を調べてみると、

斎藤　昇　明治三六年（一九〇三）～昭和四七年（一九七二）。内務官僚、政治家。三重県阿

山郡柘植村出身、上野中学（三重三中、横光の後輩にあたる）、八高を経て、大正一五年（一九二六）文官高等試験に合格、東京帝国大学農学部及び法学部を卒業後、内務省入。
昭和二二年（一九四七）二月内務次官、同年一〇月警視総監、
昭和二九年七月　新警察法施工、警察庁発足時に初代警察庁長官に就任し、戦後警察制度が推移する中で現行制度を確立する。
昭和三〇年（一九五五）八月参議院補選で当選、以後三期当選運輸大臣、厚生大臣二回、参議院議長を務めた。正三位勲一等大綬章。

昭和二九年、横光利一文学碑を柘植町に建立するにあたり、建碑発起人会の発起人の斡旋を積極的に行い、このために帰郷もし、また東京で文壇名士の方にご理解ご援助を呼び掛けもしている（『横光利一と柘植』より）。横光が終生柘植の旧友たちと文通を絶やさなかったように、斎藤氏も郷土の建碑の企画に積極的に応えられている。

利一もこのような状況の下で早稲田大学の文科を選んで上京したわけであるから、それなりの覚悟と自らの才能にも自信は持っていたのだろう。
彼の文才は夙《つと》に中学四年生の頃より、今井順吉（国漢）、戸部隆吉（美術）、島村嘉一（英語）の先生方によって認められていた。就中《なかんずく》、島村先生からは「文学する心」を学び、島村を通じ

て知った早稲田の学風に憧れたためであろう。井上謙氏によると、早稲田入学後も、あまり学校に行かなかった。父が下宿（下戸塚の栄進館）を訪ねてみると毎夜起きていて昼寝ているので、保証人の三沢（父の従妹、小波の主人、万朝報に関係していた）に相談したところ、「あれは他の青年とちょと違ったところがあるから余り喧しく言わずに勝手にさせて置きなさい」と言われたという。父は「極道息子」と言いながらいつも心配していたが、そのうち言わなくなった。濱川勝彦氏によると、間もなく、遅くとも五月初旬から中旬迄に友人二人と雑司ヶ谷に移り、共同生活を始めた。その際、自ら希望してついてきた少女（栄進館の女中さん）が、利一の帰省中に友人の一人と通じ、二人の同衾の姿を東京へ帰ってきた利一が目撃してしまうという「里枝事件」がおこった。「里枝事件」は九月ということになろう。

利一は神経衰弱になって、山科へ帰省し、養生することになった。利一の在京生活は夏休みを挟んで僅か半年で、本人にとっては無慚の思いの帰郷であったと思うが、文学修業を志して思い切って上京したのはやはり正しかったのではなかろうか。佐山美佳氏によると、利一が志賀直哉と共に畏敬していた吉田絃二郎が大正三年七月から早稲田大学の講師となり、英文学と英語の授業を担当するようになった。利一は吉田の研究室にも出入りしていたようだ。また、学校へ余り行かなくても、後に一緒に同人雑誌を出すことになる詩人や友人達と輪読会を持ったり、外国文学を紹介し合ったりしていたし、あるいは編集者の考えを直接伺える機会もあったであろう。利一の文学への志を高めるためには実り多い半年であった。
「里枝事件」に追い討ちをかけるように、初恋の少女、宮田おかつが大正五年（一九一六）一二月一四日急逝する。山科に帰ってすぐの一二月に、利一はおかつの死亡の報せを聞き、上野へ直行している。利一はおかつの死にはかなり衝撃を受けたようだ。死後すぐに帰省の途中で伊賀上野に立ち寄り、〈最後に別れたポストの影に佇む『雪解』の情景〉までは良いとして、〈上野への立ち寄りの事〉は親友の上嶋にも知らさず、そのまま山科に戻っている。そして、正月に次のような便りを送っている――。

三重県伊賀国阿山郡上野中学校五年生　上嶋らい光様
消印 大正六年一月四日京都醍醐　阿呆　（ペン書）
病気だってねぇ？　それもいいよ。神様はさすがに豪い。人間に病気てなものををこらす様に作って呉れてある。けれ共滅多に未だ未だ殺さないよ。お互いに二十辺目の新年だなァ。いやあんまり呑気なことは云ってゐられないて。今日らコロコロ死んで行く奴もあるし、コロコロ生まれて来る奴もあるんだからなァ、なあに、神様は新年だろうが旧年だろうが容赦はしないよ。要するに新年なんてなものは人が作ったんだ。其処でわしは一句得たり、さ。

「新年だ新年だと騒ぎたくれば新年だ」

病気はホツて置けば癒るよ。うまいものだ。けれ共まあ……。

いくら親しい間柄とはいえ、正月早々賀詞もなく、このような忌詞の多い便りを送るのはやはり、失恋、人間不信、虚無感に基づく精神錯乱状態と思われる。

濱川氏は、「赤裸々な人間の愛欲を、その悲しさと醜さを直視せざるを得なかった横光には胸中にまだ一つの『聖域』があったはずです。あの可憐なおかつへの想い、隅田川畔で同じ年頃の少女を見ても涙する聖なる初恋の対象が生きていたのです。しかし、その偶像・おかつの余りにあっけない死、『世間』を代表する母親の妨害、横光の一途な心が、どのようになり行くかは、容易に想像されます。『姉弟』その他の習作群に流れる虚無感は、決してこの時期だけのものではなく、横光の作家としての一生を貫く虚無感に発展して行きました。」と評している。

利一は重なる衝撃に神経衰弱と深い悲しみによって虚無的になり、これから一年有余学業を放棄し山科に逗留し続ける。大正六年（一九一七）一月、長期欠席により早稲田大学高等予科を除籍となっている。

山科における横光のことは今のところ資料があまりないので、その全貌を明らかにすることはできないが『姉弟』『梯子』『悲しみの代価』など比較的に私的要素の濃い作品を見てゆくとある程度の輪郭はつかむことはできる。『姉弟』『梯子』によれば、利一が戻ってきたとき父は一言「行くな」と叱っただけであとは何も言わず、家にいると飲めない酒をむちゃくちゃに飲んでいたという。父には彼の苦悩などわかる筈がないから、やつれた彼を気遣うよりも無断で学校をよしてきたことに腹が立ったのだろう。それでも利一が徴兵の適齢に近づいているので内心やきもきしていたようだ。でも彼は食事のほかにめったに顔を出さず、毎日不規則な生活をしてぶらぶらしていたので父はひどく不機嫌であった。酒はその憂さ晴しであった。（井上謙『横光利一評伝と研究』）

利一の帰郷に際しての父の態度を『姉弟』から拾ってみると、「私が無断に学校をやめて帰った時、行くなと云って叱ってから一年になるのにその間、父は行けと一言も云わぬし私も無論行くと一言も云わなかった。」一方で、母の思いは『梯子』に描かれている――。

母は子に何かひとこと云はしたかった。彼女は歯で糸を切りながら子の顔をちょっと見ると、子は眉を顰めて天井を眺めていた。こんな子ではなかったと母は思った。前には子はもっと快活だった。いつか静かに二階へ上ってみると、暗く戸を締め切った室の中で、子は何もせずに頭をかかへて俯伏せに倒れていたのを思ひ出した。その時なんだか彼女は怖かった。しかし、このことよりもまず何より子を外へ出したくてならなかった。太陽に当れば子の顔色はよくなるに定ってゐる。さう思ふと母は子の体を働かす方法をいろいろと考えた。

「仏様に百合の花をあげたいんだが、お前とって来ておくれ。」

子は黙って息を大きくつくと横を向いた。

母はもうひと言何か云いたかった。が、あまり云いすぎて初めて自分のそばへ下りてきた子の機嫌を悪くしさうな気持がすると、一寸怖くもあった。

両親ともに利一の悩みを打ち明けられることもなく、お互いに息の詰まる陰鬱な毎日を過ごすことになる。その一方で、両親は交々松本に住む静子を訪ねては利一の復学を促してくれることをお願いし、父は飲めもせぬ酒を無茶苦茶に飲んでいたようだ。また、利一は松本の姉夫婦を頼り其処で過ごすのを楽しみにしていたようである。

ここで利一が療養生活を送っていた山科の自宅周辺について記しておく。

『横光利一全集　書簡集』に、大正五年（一九一六）年賀状の差出人住所に「京都府宇治郡山

科村四ノ宮」とあり、山科・松本時代の帰省先と考えられる。（私は、この地の調査をまだ何もしていないので、）横光自身の『悲しみの代価』と井上謙氏及び島村健司氏の著作を基にして、私自身の昭和一〇年代の記憶を頼りに、住まいの周辺の状況を述べる。

父が東海道新線の建設工事のため山科村四ノ宮に移ってきたのは、大正四年の頃である。その頃の山科盆地は、三方を東山、如意が岳、逢坂山、牛尾山などの山々で取り囲まれ、南に醍醐、宇治川に向かって開けた田園地帯であった。大正元年（一九一二）に盆地を横切る東海道に沿って、三条大橋〜札ノ辻間に京津電車が開通していた。周辺の山間より流れ出る川水に恵まれ農耕は盛んで、消費地が近かったことも幸いして精米も盛え、平野のあちこちに水車が廻っていた。

自宅は、京津電車の四ノ宮駅と北方の一段高い山裾を流れる第一疏水堤防との間の南斜面にあり、二階建ての家で周囲を蔦の這う垣根で囲われていた。隣家との間には狭い路地があった。近くに小川が流れていて水車が廻るのが眺められた。家の裏側には森があって、その上の堤防に連なっていた。家の裏口を出て隣りの方にある小寺の裏塀に沿って人参畑を横切ると堤防の土手の芝生地に至り、そのまま進むと疏水の橋を渡って森に入って行く。利一は、常時二階にこもって父と顔を合わすのを避けて習作と思索に努めていたようだが、たまには母親が利一の健康を気遣うのを容れて、裏庭で薪を割ったり鶏小屋の掃除をしたりしている。仏花に使う百合や鶏の餌のハコベを探しに出かけてもいる。たまには四ノ宮から電車に乗って京都の繁華街の風情を見て帰ってくることもあったようだ。

就中、利一の傷ついた精神の蘇生に一番役に立ったのは疏水堤防の逍遥であったようだ。


運河の堤の上へ出た。そこは一面の芝生になっていて、村や畑より一段と高かった。彼はハコベを探すことをやめて芝生の上に寝た。（中略）運河の水面を辷ってゆく荷船の櫓の音がした。山の峯が一つ高く聳えているのが寝てゐて見えた。彼はその動かぬ峯を見詰めていると峯の心が自分の胸に通じ、麓に拡がっている平原の村や人や馬やその他一切の小さい事物が実に哀れなものに見えてきた。（『悲しみの代価』）

島村健司氏の本文注釈によると、「利一が逍遥した第一疏水の四ノ宮近辺は昭和四〇年代国鉄の京都～草津間の複々線化と湖西線の新設に伴って、四ノ宮付近で六軌道が集中することになり、第一疏水の山科運河の部分と接近しすぎる危険が生じた。そのため、山科運河の四ノ宮付近の部分がトンネル化（諸羽トンネル、一九七〇年完成）され、以前の水路は緑地とされた。」（京都新聞社、一九九〇）とある。

大正六年（一九一七）利一が再上京したのち、同人雑誌『十月』に掲載した詩「水車」を、井上氏が紹介されているので、以下にこれを引用、掲載する。

水車
一つ廻ぐれば
小鳥啼く啼く
谷間の村の真昼なり

水車
二つ廻ぐれば
小寺の垣の枯笹に
紅木蓮の
落ちる音！

水車　水車
ぼけと柳の
葉を撫手て
三つ廻ぐれば

老僧の
数を忘れて
石階昇る

谷間の村の
真昼なり

自宅周辺の山科の風景を懐かしむ心情に溢れている。

山科時代の利一の生活は山科と大津松本の中村嘉市の家との往来の生活でもあった。利一にとって山科が緊張の場とするならば、松本は安息の場であった。自宅の二階に籠って思索に明け暮れると、気分転換を兼ねて松本に出かけていたようだ。旧東海道に沿って逢坂山を越えて、大津市内の旧東海道を東進して大津の東の端の松本に至るわけである。本人は健康のためと言っているが、私の概算では約六・七キロの道程があり、この道を着物・下駄ばきで踏破するのは天候が良くてもかなり精力的な健康法である。

嘉市・静子夫妻の住んでいた松本宮前は、私が大津の法務局で調べた範囲では、正式の町名では登録されておらず俗称である。大津の東端にあたる辺り一帯を〈松本〉と称しこの界隈の氏神は平野神社（現在の地番は松本一丁目八番）である。

平野神社

祭神は大鷦鷯皇命（おほさざきのすめらみこと・仁徳天皇）で、天智天皇が志賀の宮へ遷都された時に都の三里以内の守護神として祀られたのをはじめとする。

五月五日が祭礼である。旧東海道に面して大鳥居があり、傍らの「平野大明神」「精大明神」と刻まれた宝暦四年（一七五四）の石燈籠の間を入ると、右側に境内が見えてくる。一段高くなったところに拝殿があり、さらに一段上には、中門と幣殿、さらに奥に、春日造の本殿が鎮座している。（「大津の社」『ふるさと大津歴史文庫9』）

嘉市夫妻の家は国有鉄道の官舎であって、庭のある二階建ての家屋であったと想像される。拝殿と道を挟んで対面のあたりに建てられていたと思われる。（現在の地番は大津市石場四丁目の辺りと推定。）大正三年（一九一四）発行の『大津市街地図』（文泉堂）によると、平野神社から東の方、大津（馬場）駅までは一面の田畑になっており、

松本の牧牛場　大津実業家寿語録より（明治35年）個人蔵

直線距離で七百八十メートル位である。この頃松本にはまだ牧場もあった。当時の大津（旧馬場）駅は大小貨物を取り扱い、急行列車も停まる大きな駅であった。また、千分の二十五の勾配を登って旧逢坂山トンネルを抜けて大谷駅へ出たので、補助機関車を馬場、稲荷両駅に配置して後押しをした。これらの操作のための機関庫もあった。従って、機関手をしていた嘉市の官舎が駅から呼集をし易いところに設けられたのは当然のことと思われる。

ここで中村嘉市について、公表されている資料、即ち、井上謙氏と杣谷英紀氏の著作及び横光自身の作品、それに私の大津に関する知識の範囲で記しておきたい。

嘉市は、滋賀県栗太郡治田村大字吹川第九十番屋敷で中村吉松の二男として生まれている。地元の小学校卒業後直ぐ国有鉄道の従業員になったと思われる。職階は勿論傭人であったろう。勤務先は最初から馬場駅（後の大津駅）の機関庫勤務であったと思う。

当時の国有鉄道の昇階過程は、高等官、判任官、鉄道手、雇員、傭人の順位であり、鉄道手は判任官待遇が与えられた永年勤続者で特殊なものであった。雇員は技術知識を必要とし中学三年以上の学業を終了したものか、雇員採用試験に合格した者でなければならず、傭人は特殊技能を必要としなかった。「機関庫」を例に挙げると、途中試験を経て掃除夫→機関助手見習→機関助手→機関手と進み最終的に判任機関手となるのが正しく立身出世を体現した経路であった。また当時の国有鉄道従事員は「職業の変更なくして他に移動することは有り得ない」

明治中期の馬場駅　当時の馬場駅は、始発終着の列車も多く、機関車の付け替えなどを行う主要駅であった。（個人蔵　大津市歴史博物館提供）

もので「判任官以上に至りて初めて鉄道局を範囲として移動する」のであった。

嘉市は大正一〇年（一九二一）九月、東海道本線の京都～大津間の新線開通（同年八月一日）による旧逢坂山トンネルの役割の終了とともに、神戸の灘機関庫の主任として栄転している。すでに〈判任官〉に昇進していたはずである。その後、嘉市夫妻は昭和九年（一九三四）に義父、梅次郎の十三回忌法要を行い、横光一家を京都に招いている（『比叡』）。この頃は京都の梅小路の機関庫に勤め、長女、昌子は亀岡の女学校に通っていた。国鉄退職後は島根県一畑電鉄平田車庫主任を務めている（昭和一八年全集書翰）。晩年は滋賀県栗太郡治田村渋川に戻っている。

嘉市はかなり努力し順調に昇進したようである。最後は静子と共に故郷に引き籠もった。機関手時代は旧逢坂山トンネルの煤煙に随分悩まされたことと思う。

嘉市は文学に特に関心があったとは思われないが、静子との結婚以来、利一の生涯を通じて横光文学の影の支持者であったと思う。

『青い石を拾ってから』（一九二五）によると、「私の手には債鬼となった報酬に千五百円程の金が入ってきた。（略）私の父が私に送金していた十二年間の金は殆ど全部姉の夫が立て替えて送っていてくれたのだった。」結局千五百円の金は嘉市への借金の返済に費えることになる。『鉄道労働事情概要』には、一九二二年九月の鉄道手の平均月給が八四・九四二円、雇員が五一・六八一円、傭人が四九・三三九円とあるから、この十二年間のうち雇員期間が一番長いとすると、約三十か月分の給料を利一の学資につぎ込んだ。利一が立派な学士になって官僚または実業で成功してくれることにかなり夢を賭けていたと思われる。彼はこのような裏事情を当時の利一に対しおくびにも出していない。利一が松本に遊びに来る時の世間話に、「国有鉄道の中で自分のような学歴を持たない傭人が立身出世することの難しさについてはよく話していた」ようで、『敵』（一九二四）は松本の頃に聞かされた嘉市の心情を素材にしている。

嘉市は気さくな人柄で、利一の来るのをいつも歓迎し、

「敏ちゃんがそんなになったのも詮りえやァ親が悪かったのや、その親の教育の仕方が悪かったのや。」

「敏ちゃんは性はええのはええさかい豪い人になれるのはなれるやうけんど、ああ人間もなったらな（筆者注、不規則な生活を指す）、なァ敏ちゃん。」と義兄は私を見て又笑った。「詮り親が余り干渉せなんだのが悪かったのや。」（『姉弟』）

と、利一の生活ぶりを幾分たしなめている一方で彼に同情していた。彼が姉の家へ気軽に行けたのも、このような雰囲気があったからである。大学へ行くのを強く勧めたのもこの姉夫婦であった。嘉市は職業柄、交替勤務であったろう。従って、利一が遊びに来ると、昼間一緒に過ごすことも多かったと思われる。嘉市は仕事の余暇に魚釣りを楽しんだようであった。彼の家から湖岸の料理店「魚善」の裏側の電車の線路を越すとすぐに湖岸の石垣の連なりにでる。この辺一帯は古来「打出ヶ浜」として有名な処である。石垣の直下には所々和船を係留するための木杭と木の板でできた簡単な桟橋が波打ち際から湖へ突き出ていた。右手の方に湖南汽船の石場の船乗り場の桟橋があった。その近くが昔、矢橋ゆきの帆船の波止場があった辺りになる。嘉市の家から湖岸までは二百七十メートル位の近さであった。

縁側で彼の義兄が官服を着たまま魚釣り用の浮きを拵えている。金六は義兄の傍に蹲んだ。義兄は荒削りの浮きを一寸掌に載せてみて、

「子モロコを食はしてやるぞ、五六十疋も釣って来てなァ。」と云った。

「おいしいのですか。」

「うまいの何のって、東京にゐちゃ金さんらにゃ食へんわ。」

（略）

「義兄さんたら、金さんが来たら酢モロコを食べさすのやって、こないだからやいやい言うてやはるのえ。そんな物食べたうないわなァ金さん？」と声をひそめるようにして言った。

「何ァに、うまいのなんのって。」と義兄が言うと、

（略）

「今夜の酢モロコは一寸食へるぜ。」

（『悲しめる顔』（一九二二年）から義兄のモロコに就いての会話だけを引用。）

話中の子モロコとは、子持ちホンモロコの俗称である。子持ちホンモロコは三、四月頃、湖岸の葦の生えているあたりの浅瀬に産卵にやってくる。この時季のホンモロコを釣ってコンロ

稲荷座　明治45年７月の竣工、観客1500名を収容する県下第一の劇場。
『滋賀県ガイドブック』2巻（大正元年発行）より

の炭火で焙って二杯酢で食べるのが琵琶湖の川魚の中で一番おいしいと、私も思う。嘉市が利一のために、自ら釣って一緒に焙って食べるのは最高の心の籠ったもてなしで、嘉市は心底利一を愛しその成功を楽しみにしていたのであろう。

『悲しめる顔』の中で、三重子を背負った姉が金六を誘って活動写真に行く場面がある。この行先は「稲荷座」である。明治四五年（一九一二）の竣工で浜通りの甚七町（現松本一丁目六番三十号）にあった。内部はまだ芝居小屋のままで桟敷と花道で出来ていたようだ。この活動写真館も嘉市の家から二百七十メートルほどで近かった。この作品の情景は、利一が早稲田に復学した翌春に松本へ帰郷した頃（大正八年）のようである。『落とされた恩人』（一九二三年）の発表は『悲しめる顔』より後であるが、作品の内容は、利一が山科で静養中に気分転換のため松本に出かけて居た頃の記憶を材料にしていると思われる。自分自身の微妙な心理の揺れを描いて、後の『機械』の前哨作品として考える向きもある。

次に、利一の山科・松本時代を象徴する小説として『姉弟』を紹介しておく。『横光利一事典』によると、この小説は利一没後「未発表遺稿」として川端康成の解説を付けて掲載されたものであり、小島勗の未亡人の元に保管されていた原稿だという。初出は『改造文芸』(昭和二四年一〇月)、筆名は「横光白歩」、小説末尾に「一九一七、三月三一日(完)」とあることから、利一の習作期に書かれた作品と思われる。井上氏の年譜では、最初に発表された作品として『姉弟』を挙げている。この作品は大津の街を具体的にわかりやすく描いており、私のようにこの街を郷里とする者にとっては記念すべき作品である。以下、私の記憶を辿りながら懐旧の想いを記す。

まず、この作品が「一九一七・三月三一日(完)」となっていることに注目したい。四月になると早稲田大学をはじめ、どの学校でも新学期が始まる。小説の中の「敏ちゃん」(利一を指す)は、昨秋上京して半年ばかりで学校を止めて山科に帰ってきている。「敏ちゃん」に一番近い姉が、両親からも、「敏ちゃん」を大層可愛がっている義兄からも依頼を受けて、「敏ちゃん」をして再び早稲田大学に戻る気にさせる最後の説得にあたるのがこの作品の趣旨である。

小説の舞台である琵琶湖疏水の界隈は、姉の結婚前に、近くの鹿関町に一家で住んでいたから二人共よく知っている。作中、「姉を時々私の一番好きな着物を着せて美しく化粧をさせてよく姉とこの丘の上に連れ出してきて両人が竝んで坐った」とある。姉が結婚して松本に住み、弟が伊賀上野や東京から帰省した折の話であろう。「この丘」とは長等公園やその上の高観音周りを指していると思われる。冬場に向かうので精々昨秋に公園に行った位で、今回の帰省にあたっては、「敏ちゃん」との公園行きは今年になって初めてと思われる。「今姉は山の上の観音堂で買った餅を切って足もとの泉水の水面に時々朱色の背を浮かす緋鯉に投げている。」の「観音堂」とは三井寺の観音堂のことであり、西国三十三ヶ所観音霊場の第十四番札所として三井寺とは別に汎く信仰されており、本尊は如意輪観音そして大きなお堂が御幸山の中腹にあり、一六八六年焼失し一六八九年に再建されている。

この辺りを地元の人が散策するのは、桜の季節、緑の候そして秋の紅葉の頃である。

姉は「敏ちゃん」を口説く場として二人に親しみがあり、そして今の時季なら人影もまばらで二人だけで静かに話ができる長等公園を心中で選んだのであろう。三井寺の彼岸参りなら地元の人たちも大勢参詣に出掛ける日であるし、すこし季節外れではあるが「敏ちゃん」をつれだすのには恰好の口実になる。姉にとって、普通皆が利用する参道である長等神社脇の石段を山の中腹まで登ってゆくのは、身重の身体にとって一仕事であった。桜の季節でもないのに、帰途、数多くの疏水下りの観光客に出会うのも、この日が彼岸である裏付けであろう。観音さまへの参拝を終えると、いま登ってきた石段の脇の絵馬堂が茶店になっていて、此処で名物「弁慶の力餅」を購って、茶店の中の床机かあるいはテラスに持参してきた煎茶で一服して、眼下に広がる琵琶湖の風光を愛でるのが両人にとっていつもの楽しみであっただろう。今日は違った。姉は小さな折詰めに黄な粉がいっぱいに塗された串刺しの力餅を購うと、「敏ちゃん」を促してもと来た石段を身体を労わりながら降りきり、神社の脇を右折してまっすぐ長等公園へ向かった。

第三章で紹介したように、長等公園は長等山の山間にあった阿闍梨谷という荊棘不毛の地を明治四一年(一九〇八)大津市で初めての都市公園として開設したものである。山間の一番奥にあって不動明王の祠のある薄暗い溜池はそのままに、その一段下の山間を開発して平地の公園広場とし、更に一段下に人工の小さな池を配し、上の溜池の水を利用して細い滝や噴水を設けた。広場や下の池のまわり、さらに周辺の道路の脇に桜の植樹を行い、一躍大津の桜の名所となり、雪洞が灯り屋台が出るようになった。利一も西小学校の卒業記念植樹に駆り出されている。

両人もこれまで観桜には屡々訪れていたことだろう。池の近くの土手に慶祚阿闍梨の塚が(今も)祀られていて、この辺りが深い森の狭間であったことを窺わせる。池の周りには二、三の石でできた床机が見える。両人は床机に並んで座る。姉は折詰めの力餅を置いて「敏ちゃん」

に奨めるとともに自らも一串とって口にした。遠く比叡の山裾と湖の水平線が見える。姉はなかなか話の糸口を見つけるのに苦労しているらしく、力餅を串から外して千切って池の鯉に投げ与えた。沈黙を守る「敏ちゃん」に話し辛そうに復学を勧め、最後に「どうしてお行やないの」。「敏ちゃん」はそれでも苦しい心境を打ち明けるのを我慢して沈黙を守った。「私はこの姉に皆話して了はうか、恋を、死を、そして淋寂を、と。彼女は私の顔から何か見たのかしら、もうその事については何も云はずに陽気な微笑を口もとに浮かべた」。両人が気まずい空気のままに、池の傍を離れ、丘を下りかかると左手の土手に赤松の林があった。昭和四年（一九二九）に大津の皇大神宮が遷座される辺りである。姉は、弟のつれない態度と気不味い雰囲気に自らの不甲斐なさと半ば怒りの気持ちを込めて、モチツツジを力任せに引き抜きにかかった。なんとか話題を続けるように姉もいろいろ思案していたのであろう。「あんなつつじなら何処にでもあろう」「でも折角」お互いに心にもない会話である。

この辺りの山腹の下部は伐採跡地の赤松と落葉樹の雑木林が配置されている。構成種はコシアブラ、ネジキ、ウラジロ、モチツツジなどアカマツ林の要素が依然優勢である。私の少年時代も長等公園周りの山腹でよくモチツツジの野生を見かけている。葉裏の粘着液が手や衣類につくと取れにくくて困ったのをよく覚えている。モチツツジは大津近辺では庭木には用いなかったようである。

長等神社の前まで戻って来て、いつもの姉弟の彼岸参りなら、神社の正面を下って中町筋の繁華街に出て、ぶらぶらして二人で何か食べるか活動写真を見て帰ることになろう。が、この日は違う。真っ直ぐ疏水の方に向かう。利一が鹿関町に居て野球に興じた広場は、大正に入って湖魚の水族館が建てられていた。この脇の道を進むと、疏水が山腹に入るすぐ先で第二疏水の竣工式のあった三尾神社の境内に突き当たる。姉は、今一度の説得に場と間合いを求めて、境内の手前を左折して森の中へ入ってゆくことにした。杉の大木の木立に取り囲まれて日が遮られるので薄暗い陰気さを感じる場所であった。杉の根っこがあちこちむき出しになっている間を縫って人がとび歩いて自然にできた近道で、少し行くと観音堂の脇から降りてくる石段の下へ出る。姉は降りてくる観光客に混じって金堂の方へ行こうとしたのであろう。この石段下で、脚の皮膚の糜爛《びらん》した片足を抱きかかえて荒菰に座っている若い乞食にでくわす。姉は「敏ちゃん」に白銅を渡すとすぐに戻って疏水の縁へ出た。「敏ちゃん」は自分の分の銀貨を添えて乞食の前の荒菰に喜捨するとその場を立ち去れず、杉の大木の影で次に来た三人娘の反応と乞食の挙動をじっと見ている。「敏ちゃん」は若い乞食の心情を推し量り、自らの今のすべてに幻滅している心境を重ね合わせ杉の木の木陰に佇んで暫し考えることになる。姉がいないのに気付いて疏水の縁に戻る。ここで思わずお互いの生き方について本音の会話になる。思い出の多い枳殻の垣根がずっと連なっている。「女云うものは子供が出来るやうになれば、それゃ餓鬼みたいにお金が欲しなってね、一文でも子供のために貯めようと思ふもんえ、それゃ娘時代とまるっきり違ふえ」「敏ちゃん」の「恋を、死を、そして淋寂を」という哲学とまるっきり異なる哲学に「敏ちゃん」は可成りショックを受ける。途中、彼方の支那造りの黄色い尖塔の真上で避雷針がキラキラと輝いた。疏水の鉄門に反響した船頭の唄ひ声に「敏ちゃん」は姉と久し振りに出会ってから共に暮らした鹿関町の頃を思ひ出す。その頃の姉に比べて今の姉の生きざまが強く変わったのを真摯に受け止める。姉弟はそのまま何処へも立ち寄ることもなく真っ直ぐ帰宅した。恐らく大津電車の終点の浜大津まで歩いて、そこから石場まで電車で家路を急いだことだろう。

尖塔の上に避雷針のついた黄色い壁が目立つ支那風の建物は、大阪で製薬業で成功した実業家の別荘として、背の高い二階建の経蔵に似た様式と黄色い壁の建物で、利一の住んでいた鹿関町の家の道を挟んだ向かいに、第二疏水の開坑工事が完成し埋設竣工（明治四五年五月一〇日）の後に建てられた。高い丘から大津の街を見渡すと大津のランドマークとして人目を引いてきた。残念ながら、大津にビルやマンションができ始めた昭和四〇年ごろ惜しげもなく取り壊されてしまった。

「敏ちゃん」は帰るとすぐ湖岸へ出た。料亭魚善の前あたりの桟橋に出たのであろう。この辺り一帯の打出が浜は近江八景の夕景を愛でるのに叶った場所で。ドイツの詩人の謂、「比良の暮雪は愛人をなくした不幸な人に一時の幸福よりももっと崇高で聡明な恩恵を与えてくれるようだ。」と（『近江八景の幻影』）。

「敏ちゃん」は独り佇んで「おかつ」のことを思い出して思索にふける――、

もう陽が逢坂山のかなたに降りてゐる。比叡の峯が半面を黄褐色に輝かした裏に、比良の連脈が淡紫色の姿を夕和の水面に物淋しく投げてゐる。沖の水平線の上に點々と竝んだ白帆は帰ってくるのであらう。倒になった比良の姿は時々ちらちらと白色の網目に切れる。と、音太い汽船の笛が、彼方の兵舎から響いてゐた喇叭の音ともつれて又それもざわめき立ったが、又次第に消えた。微風が吹いたのか淡水の匂が磯のさざ波から漂うて来る。私は逝った彼女のことを思ひ出して空を見上げた。（『姉弟』）

姉が心配して「敏ちゃん」を呼びにやって来た。義兄が戻っていて三人で七輪にかけた肉鍋で楽しく夕食を済ませると、義兄がやんわりと「敏ちゃん」に「あんなに毎日ぶらぶらしているのはええとは云へんやないか」姉が怒りだして「そんならあなた、敏ちゃんがもし偉い人になったらどうします。」（偉い人？姉さんもう云はないでお呉れ。）最後に義兄が「何でもかまへん、学校へお行、え、ほんとにお父さんが心配してるのや、」（そこには私を慮って呉れる心が見えた。）「ええ、行こうと思っています」と「敏ちゃん」は心底から云った。「敏ちゃん」が早稲田復学を決意した瞬間である。

この時の利一の心境を濱川氏は次のように解説されている——。

「横光利一は、友情、愛、自己に対する幻滅を味わった後、彼を創作へ駆り立てるエネルギーを、孤独のうちに湧き出るマイナスのすべてが虚しいといふ虚無観から獲得したのではなかったか。」

「しかしここで注意しなければならないことは、たんに『姉弟』に横光の悲しみが投影されているという微々たる事ではなく、彼がこの悲しみと『神経衰弱』の中で創作にどのように対していたか、換言すれば、いよいよ作家たるべく創作に全力投球するとき、いかなる原理が彼を支えて、彼の力の源泉になったかということである。」（濱川勝彦『論攷横光利一』）

この後、利一は山科、松本を行き来しながら小説修業に邁進する。

『姉弟』を大正六年　三月三一日に完成させた後、

七月『神馬』が佳作として『文章世界』に掲載、

十月『犯罪』が当選作として『萬朝報』に掲載、

一二月『音楽者』が表題のみ準佳作として『文章世界』に掲載。

大正七年（一九一八）三月　早稲田大学高等予科に除籍取消願いを提出し、
四月　原級第一学年に編入。
（『横光利一事典』より）

これまでに記したように、早稲田再入学にあたっては、両親はもとより、中村夫妻、そして生涯の友人となる由良哲次氏（後述）の勧めも大きかったようである。

因みに、大正八年（一九一九）九月一五日に新逢坂トンネルが竣工すると、父は「坊主が一人前になる迄遊んでもいられぬ」と言って、三度目の朝鮮行きを母を帯同して行っている。大正九年になると、利一は松本の嘉市の家に帰郷していたようだ。

初めて『姉弟』が『改造文芸』昭和二四年一〇月号（改造社）に掲載されるにあたり、川端康成は次のような解説を同月号に記載している。

「姉弟」は「御身」の原型と私は見る。「御身」の一と「姉弟」の書き出しとは同じこと、姉がつつじを引き抜こうとし、弟が腹の子にさはりはしないかと心配することを書いてゐる。「姉弟」は横光君が二十歳の大正六年の作、「御身」は二十四歳の大正十年の作だが、「姉弟」の原稿を持ってゐるうちに、「姉弟」で妊娠中の子供が誕生し、一二三歳に成長したので、その子を対象として「御身」に改作されたものと思う。そうして「御身」は「姉弟」の発展であろうが、主題から見ても別個の作品になった。横光君らしい弟が「姉弟」にはより多く書かれている。しかし「姉弟」は未定稿、あるいは草稿で、未熟な部分があり、死後の発表はやはり疑問である。

『御身』は、大正一三年（一九二四）五月、金星堂より刊行された利一の最初の創作集の中に初めて発表されている。『御身』の文中でも「つつじ抜き」は登場するが、こちらは松本の家の裏山である。松本の家から南へ旧東海道線の線路を越えて畦道を少し行くと浅井山がある。この山を指すと思われる。この辺りも長等公園辺りと同じ叢林があり矢張り野生のモチツツジが所々に生えていた。

私のように大津を郷里とする者は、懐かしい地名が

浅井山より旧東海道線を走る蒸気機関車　『滋賀県ガイドブック』２巻（大正元年発行）より

はっきりした『姉弟』の発表は矢張り嬉しい出来事である。中でも「敏ちゃん」が打出ヶ浜に出て比良の暮雪を眺めながら、小説家として立つ決心をする場面は夕景と共に忘れ難い。比良の暮雪は愛人をなくした詩人を慰め、新たに生きてゆく勇気を与えるようだ。

利一が山科と松本の間を旧東海道を行き来しながら思索と創作に耽っていた頃、生涯忘れ難い友人、由良哲次に再会する。学業を止めて山科に引き籠もりながらこのような友人に恵まれることは、利一が、元来小説家として大成する運命に恵まれた人であると思う。

由良哲次は三重県立第三中学で利一の一年先輩である。由良は、大正三年三中を卒業後、大津の南小学校に勤め、中学の一年先輩である松尾正夫（柘植の出身、幼年時代横光とも親しかった。）と一緒に教鞭を執る傍ら、滋賀県師範学校本科第二部に通い大正五年に卒業している。南小学校は利一が行き来していた旧東海道に面した大津宿本陣跡に造られた学校であった。由良と利一は宿直室などで話し合ったようである。以下にふたりの関係を、主に井上謙氏などから引用して示す。

二人の出会いは講演部（現代の弁論部）である。大正三年三月　三中校内学術講演大会において、「我が人生観」で四年由良哲次が一等、「英雄の末路」で三年横光利一が二等を獲得して

大津南尋常小学校　（国書刊行会『ふるさとの想い出写真集大津』より）

いる。

由良氏は読書を始め横光の文学的志向に強く影響を与えた先輩であった。また横光の生前没後を通じ、最も身近な理解者でもあった。由良氏は奈良県丹生の神官の出で、粗野な横光と違い才気煥発な秀才であった。のち東京高等師範学校から京都大学の哲学科に学び、大学院を経て、ドイツに留学。ハンブルグ大学で歴史哲学の解釈学を研究し、昭和六年（一九三一）ドクトル・デル・フィロソフィの学位を受け、東京高師、文理大の教授となって哲学を講じた。著書も多い。『横光利一の芸術思想』は横光文学の根底を究するのに欠かすことのできない研究書の一つである。戦後退官し、東北学院大、中京大の教授。北斎、写楽の研究家でもある。昭和五十四年（一九七九）三月二日没、享年八十二。

横光の出世作『日輪』は、横光の下宿で由良が峰岸米造教授の「魏志倭人伝」の邪馬台国の講義のノートを整理している傍で印象づけられたことに、その発想の因があった。また、後の大作『旅愁』は当初由良の結婚問題―神道主義の家柄に育った直情的な青年―これに横光は着目して、滞欧中の資料を持ち帰り、また家内（キリスト教徒）との思想問題の絡んだ結婚問題を取り扱おうとした。『旅愁』の結論は日本の神道とカトリックとを綜合止揚しようという大きなテーマに行き着き、而も時勢の転換を乗り越えるという困難に出くわすことになるが、終始由良は支持し続けた。

ある日、由良が山科の家を訪ねてみると、横光は青い顔をして油絵を描いていた。その傍らに父の工業材料であるセメントを利用したらしい額縁やら粘土細工式の彫塑が置いてあった。その雑駁な雰囲気から由良は如何にも何か苦しんでゐる感じがしたという。

由良は横光に会うと、いつも意気消沈している彼を激励するかたわら、しきりに再上京も勧めたという。それについて由良は「その当時私は、松尾正夫さんと一緒にどうしても東京の高等師範の試験を受けようと思って勉強しているときでした。私共もやはり東京に憧れていましたので、横光氏には私としては事をつくして横光氏をたたきました。」

横光が鬱々とした生活に絶望することなく文学修業に精進できたのは、一つは彼自身のセルフメイドにもよるが、他面このような姉夫婦の庇護と由良氏らの友情があったからである。大正七年（一九一八）三月、早稲田大学へ除籍取消願を提出して許可を得る。上京を前にある夕方横光は大津の南小学校の宿直室に由良氏を訪ね「由良さん僕もう一度東京へ行きます。」と言って別れを告げげた。由良が東京高等師範学校に入学したのは、それから間もなくのことであった。（以上『横光利一　評伝と研究』より）

由良は横光利一の生存中、本邦最初の横光文学研究書として『横光利一の芸術思想』（昭和一二・六　沙羅書店）を刊行し、横光没後もその顕彰に奔走し、横光青春の碑を伊賀上野の古城のほとりに建てようという話を川端康成と始めた。昭和五一年秋、碑の除幕式が行われた。

「若き横光利一君、ここに想ひ、ここに歌ひき　川端康成」

由良は遺言によって、滋賀大学教育学部に蔵書中の教育学関係書を寄贈している。ここに報告しておく。

利一の往復していた頃の山科～松本間の旧東海道について述べておく。

先ず、その跡地に南小学校が建設された大津宿本陣について簡単に記すと、大津宿には、大阪屋嘉右衛門、肥前屋久左衛門の二軒の本陣が八丁筋（関清水町から札ノ辻までの東海道筋）の東西におかれていた。大坂屋本陣は、文久二年（一八六二）の皇女和宮の降嫁に際して改築され、新装なった御座所天井には、筆者不明ながら多くの草花図が描かれていたが、そのうちの数枚は今も逢坂小学校に残る。小学校移転後の跡地（現在の逢坂保育園）の横には、明治天皇行幸記念碑が建っている。

次に、利一はよく知っている筈なのに何故か小関越えを利用していないようだ。山科から大津へ行くためだけなら此方の方が少し近くて坂道も楽なような気がする。電車道に沿って大道を闊歩するのを好んだようだ。当時の東海道は明治以来可成り改修されていたようである。「車石」（大津市歴史博物館）によると、日ノ岡辺りの例として、明治九年の改修として、道路左右には幅二尺、深さ三尺の側溝が設けられた。道路はかまぼこ型で中央が高く、割石（砕石）が敷き詰められ、ローラーで転圧されていた。側溝の道路側には縁石（車石も廃物利用されたようである。）を据え、水はけのよい道路に改修された。未だ旧東海道線の頃であって、大谷～追分間は京津電車と旧東海道は左右逆になっていて、例えば月心寺の門のすぐ前を電車が通っていたようだ。利一が往復していた頃はこの辺りの交通はほんの疎らであったろう。大谷には旧東海道線の駅があったが、旧逢坂山トンネルネルの出口に近く、機関車への水補給基地の意味が大きかったと思われる。駅の後背の山中に屠殺場が設けられ、これは第二次大戦後まで続いていた。利一も大津市内から逢坂の上り坂をゆっくりとのぼってゆく牛に時折すれ違ったことであろう。

国鉄大谷駅　（国書刊行会『ふるさとの想い出写真集大津』より）

逢坂峠付近の東海道　中央に京津電車が見える。（国書刊行会『ふるさとの想い出写真集大津』より）

利一晩年の作品に『橋を渡る火―畠山勇子のこと―』(『婦人公論』第二九巻第一号　一九四四・一・二)がある。日本の敗戦が漸く国民の眼にも明らかになってきた頃の作品で、ロシアのニコラス皇太子の大津行きを描写している。

その次の日の十一日が大厄日の大津行きである。青葉のころもいよいよ濃くなってゐた。あの京都から大津までの五月の道は、一年のうちでもっとも景色が美しい。私もよく五月の季節にここを歩いてみたが、この三里の道を人力車を連ねてゆく一行は暫くの間は何事も忘れて、長くつづく竹林の筍や、山襞の間に咲く木瓜やつつじの花を眺めてゐたことと思ふ。

斎藤茂吉もこの時季(五月)に逢坂越えを試みている。

ひるがへる萌黄わか葉や逝く春の
ひかりかなしき逢坂を越ゆ　　斎藤茂吉

横光利一は鹿関町に居住していた小学六年のときに、大津事件について、その当時の大津の混乱を眼のあたりに見たという近所の老人の話を聞き、その後、当時の古新聞で勇子の記事を読み長年にわたり心中で熟成していたのであろう。最初に取り上げ日本婦人の鑑として海外に紹介したラフカディオ・ハーン（小泉八雲）でさへ、「ただし、国家の高度な判断によって、勇子の死が公に頌されることは一度もなかった。」と嘆いている。横光利一ははっきりと「畠山勇子の自刃の美しさが、慈母であり、やさしい心を多分に持っていた婦人であるロシア皇后の心に響かぬはずはない。その后のロシアの態度を見ていても、津田三蔵が死刑にもならずにゐるにも拘らず、この事件に関する日本の鄭重親切さに感謝し、自分の方もこれで満足したという返礼が、ロシアの皇帝から日本の大使へ届いてゐる。日露戦争もこの皇后の存命の間は起ってはゐない。」と日本人の小説家としてはじめて明言している。この作品については戦後の毀誉褒貶にも拘わらず、畠山勇子の頌として読み継がれている。

利一は初恋のおかつの死（大正五年一二月）にはかなり衝撃を受けたようだ。にも拘らず、その翌年三月末には『姉弟』を脱稿し作家としての第一歩を歩み始めている。このような早期の回復は、利一自身の父親譲りの自力による回復力、若い強靭な身体、母親の愛情、姉夫婦より頂いた安息、由良による適当な刺激、そして早春の山科盆地や大津の風光、これらが相俟っての成果と思われる。

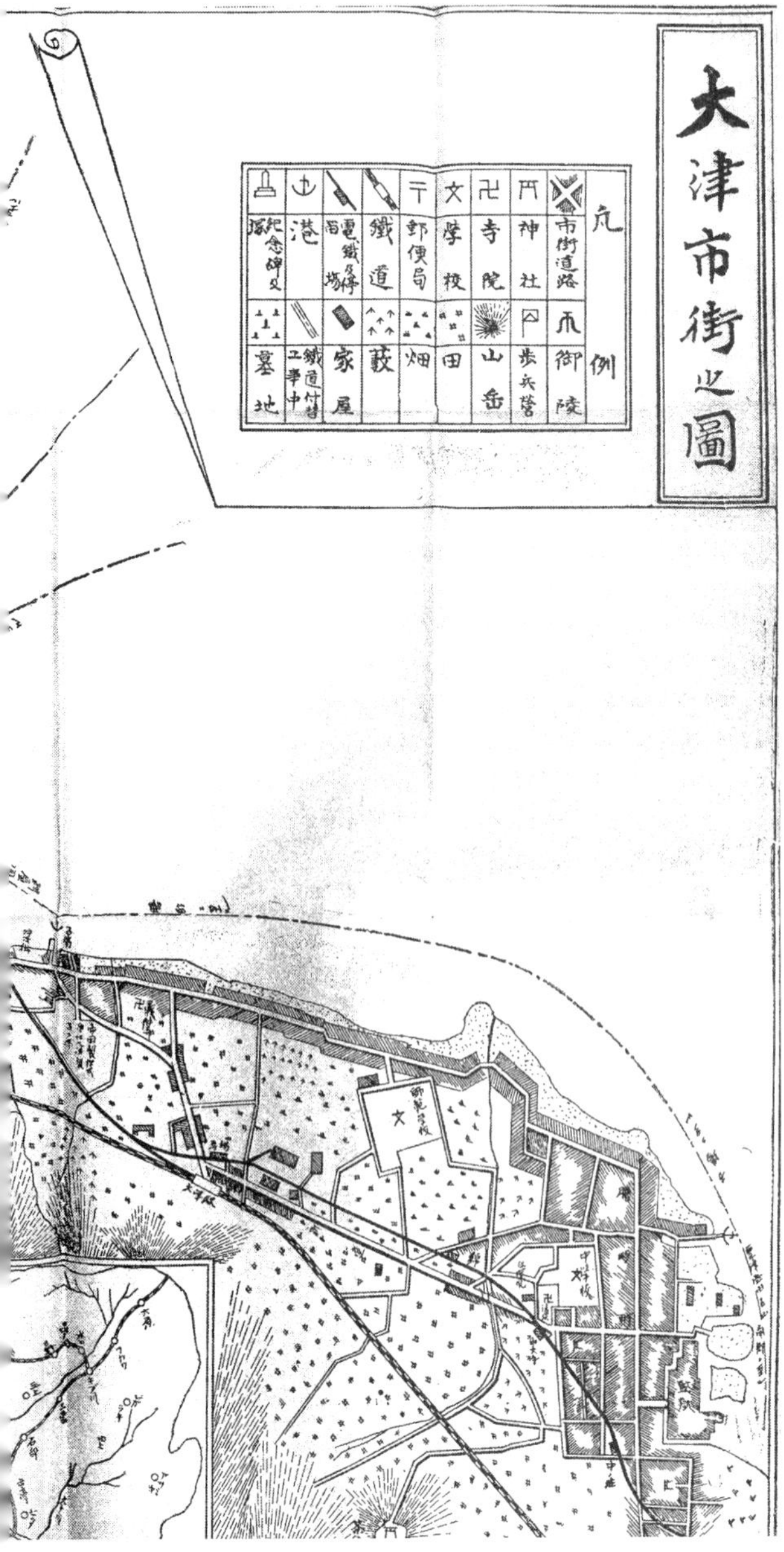

大津市街之圖
凡例
市街道路
御陵
神社
歩兵營
寺院
山岳
學校
田
郵便局
畑
鐵道
藪
電鐵及停留場
家屋
港
鐵道付替工事中
紀念碑又塚
墓地

大正2年頃の大津市街図（『大津名勝案内図』附図〈大正４年〉）

第五章
クライマックス
―大正一三年盛夏―

利一は、大正七年（一九一八）四月に早稲田大学高等予科英文科第一学年に原級復帰を果たした。

横光利一の肖像　（上野高校同窓会文庫提供）

小島勗（一九〇〇～一九三三）、中山義秀（一九〇〇～一九六九）、佐藤一英（一八九九～一九七九）、富ノ沢麟太郎（一八九九～一九二五）らと同級になり、後の新感覚運動の素地をつくることになった。

今回の上京にあたってははっきりと作家として身を立てる覚悟を決めていた。東京市外戸塚村下戸塚（現東京都新宿区戸山町）の松葉館に下宿すると、学校へ行くより下宿で夜更けに習作に耽り、友人と出入りを重ね、自作を読み聞かせる、といったやり方で始めたようである。交友は早稲田にいる大切な理由と思われる。間もなく、同じ下宿に詩人の佐藤一英が移ってきた。佐藤は入学するとすぐ《詩歌研究会》を提案し、利一も小島勗、中山義秀などと一緒に参加している。

大学には吉田絃二郎の講義を中心に出席する程度であまり学校には行かず、下宿で熱心に小説を書いていた。大正八年(一九一九)三月には仲間と詩集『十月』をガリ版刷りで出版した。その中に、利一の『雲』『水車』『想起草』の三篇が載せられている。『水車』は山科の風景である(第四章参照)。同年六月に『火』が『文章世界』の佳作に選ばれている。巣立ちは佐藤の方が早かった。『新潮』に応募した「菊池寛氏に対する公開状 ―軽さと重さ―」が当選し、その直後、小石川中富坂の菊池宅に表敬、「詩では飯は食えぬから小説を書くように」と勧められたが、佐藤は、自分では小説は無理と思い、後日利一を紹介して身を引いた。

この頃、仲間と小島勗の家に出入りしていた利一は小島の妹キミのことを意識し始めて佐藤にも打ち明けている。

大正九年の春、同じ松葉館にいた親友の佐藤一英が突然帰郷することになった。

松葉館には利一独り後に残った。日のあたらない平屋建て北向きの六畳の居室、彼はそこで二十一歳から二十三歳頃まで監房に閉じ込められた囚人同様の生活を送っていた。毎日午後四時頃に起きだして夜明けまで部屋にこもり独り創作に耽りながら、世にあらわれる準備に一念を集中していた生活、それが彼の青春だった（中山義秀『台上の月』）。

小島勗は、授業時間を除けば毎日利一の部屋にいた。この親交は後に破れたけれども、小島との邂逅は利一の生涯にとって重要なことであった。

小島勗の父は長野県松本の人で、土木技師として仙台土木監督署に勤め、勗は明治三三年（一九〇〇）生まれで、三歳のとき父の転勤で秋田に移っている。秋田県立第一中学校を四年で中退（柔道で鎖骨を折り、長期欠席のため）後上京し、神田の正則英語学校、研数学院に通って、早稲田大学に入った。利一より二歳年下である。父は彼が中学を中退する一年前に病死。一家は本郷区真砂町三六番地（現文京区本郷四丁目）に住んでいた。利一たちのグループは小島の家に集まって夫々の作品について語り合った。小島の母は明るい気さくな人で、夫を亡くして経済的にはかなり苦しかったが、何一つ苦情を言わずに彼らを歓迎した。小島家には姉三人、妹三人で、利一らがよく出入りを始めた大正七年（一九一八）一二月には次女、翌年に四女が相次いで亡くなっている。キミは五女であって、この頃十三歳で小石川の区立礫川小学校の高等科に通っていた。大正一一年（一九二二）に日本高等女学校の第三学年に編入し、大正一三年に卒業している。キミは外見「ヤセ形の気のやさしい子」「丸顔の色黒いひなびた感じの乙女」で「誰にも無言の愛嬌と親しみをおぼえさせる素朴」なところもある一方、かなり勝気な性格

（三女しづ談）でもあったらしい。利一がキミを意識し始めたのは大正八年（一九一九）頃のようである。

この大正八年の九月二五日に新逢坂山トンネルが竣工している。この頃、「坊主が一人前に成る迄遊んでもいられぬ」と言って、父は母と一緒に三回目の朝鮮行きを行っている。この時以降、利一の文学修業は経済的に厳しくなってゆく。そして、利一の帰郷先は姉のいる大津の松本のみになった。

大正九年四月、小島は高等予科を終了して大学に進み文学部哲学科に入ったが、早々、徴兵適齢で長野県松本の聯隊に入営している。利一は気落ちした女ばかりの家族を慰めるため頻繁に小島家を訪問しており、自然とキミへの感情も昂ぶっていったようだ。この年発表された小説は『宝』だけで、文学修業は停滞気味のようである。同じ四月、親友佐藤一英が早稲田を退学し帰郷している。そして九月、利一は小島家に近い小石川区初音町十一番地（現文京区小石川二丁目）の初音館に移った。しかし二人の恋愛は周囲からは祝福されなかった。小島勗は大正一〇年松本聯隊より一時帰休兵として除隊になった。小島は思想的に左翼化し、利一と対立したし、経済力のない彼を受け入れなかった。

大正一〇年（一九二一）一月、『踊見』（後『父』と改題）が時事新報の選外佳作に選ばれ（選者、里見弴、久米正雄）紙上に掲載され賞金十円をもらっている。しかし現実の生活は一層窮迫をきたして来ていたようである。この中で『日輪』に取り掛かっていた。六月に同人雑誌『街』を富ノ澤麟太郎ら四人で創刊している。二号を八月に出し『月夜』を載せている。『街』は二号で中絶しているが、当時自作をひろく発表するにはこのような方法しかなく、貧窮の中での経費の捻出は大変であった。早稲田大学の方は、高等予科英文科に在籍していたが予科を二度落第、二年目は置かない規則があったので、やむを得ず四月から専門部政治経済学科に転籍した。しかし、一二月には遂に学費未納と長期欠席の理由で除籍になった。

この年、大正一〇年八月一日に東海道線の新線、京都～馬場間が開通し、新しい大津駅、山科駅が誕生。今まで機関庫のあった旧大津（馬場）駅は縮小され、中村嘉市も神戸の灘機関庫主任に栄転になり、兵庫県武庫郡西灘村畑原大字堂ノ市百三十七（現神戸市灘区福住通り三丁目もしくは四丁目）に一家で移住した。「こちらへ二日に来た。荷造り荷降ろしで急がしかった。ここからは内海を経だてて淡路島が直ぐ向ふに見える。――」（九月六日消印　佐藤一英宛　葉書）

その後、同月二三日に愛知の佐藤一英宅を往訪し、キミとのことについて色々打明けて相談の上、二五日松本に出向き兄小島勗に面会している。勗は松本入隊後、プロレタリア文学に傾倒しており、利一と思想的に相容れない上に、キミの後見人として、「経済状態が、それ相応でない限り、愛するというのは罪悪である」と利一の財産無き点を突き、留守中に頻繁に小島家を訪問したことに不愉快さを示した。利一としては、経済的向上はしがない文筆稼業では覘を説得できないことを自覚せざるを得なかった。唯一の救いはキミがいつも利一に好意的であったことである。利一の悩みは続く。

こんな時に前途に微かな明かりが見えた。一一月に菊池寛より呼び出しがあり、利一は中富坂の菊池の家で川端康成を紹介された。この時、川端氏は利一よりも一つ年下の二十三歳の東大生であった。夕方、菊池は二人を連れて本郷の〈江知勝〉へ牛肉を食べに行ったが、利一は何故か菊池がいくら「君食えよ、食えよ」といっても、彼は一切れも食べなかった。この頃の利一は、仲間の誰よりもひどい困り方で、「横光は日に一度か二度しか飯を食はんそうだ」という噂があったが、実際には一度も食べないことがしばしばあったという。当時のことを、川端氏は『文学的自叙傳』の中で、次のように述懐している——。

横光氏に初めて紹介されたのも、菊池氏の中富坂の家であった。夕方三人で家を出て、本郷弓町の江知勝で牛鍋の御馳走になったのを覚えている。横光氏はどうゆうわけか殆ど箸を持たなかった。また小説の構想を話しながら声高に熱して来て、つかつかと道端のショウ・ウインドオに歩み寄ると、そのガラスが病院の部屋の壁であるかのやうに、病人が壁添ひに倒れ落ちる身真似をした。この二つは第一印象である。さういふ横光氏の話し振りには、激しく強い、純潔な凄気があった。横光が先へ帰ると、あれはえらい男だから友達になれ、と菊池氏が言った。

この「牛肉の逸話」には様々な解釈があり、どこか不器用な虚勢とか、あるいは「横光がハムズンの『飢え』を読んで、『ハムズンは空腹にたまりかねて涙が出た時、その涙でパンという字を書くのだ。するとそれだけで、三日は我慢ができたというね。作家はそれくらい豊富な想像力がなけりゃだめだね。』と語ったというが、この忍耐の生活信条—作家的矜持を、一片の牛肉で崩してしまうことを潔しとしなかったのであろう。」（中山義秀）等々。当時利一は貧窮の底にあり、佐藤一英の詩の投稿の稿料を出版社に、代わりに受け取りに行って生活費に充てていたくらいであり、どうしても早期に稿料で生きる道を切り開かねばならなかった筈である。もし相手が編集者であれば、利一もこのような態度はとらなかったであろう。菊池氏や川端氏を同業の競争相手とみていたのではないか。それにしても大先輩の菊池氏に少し失礼のような気がする。しかし菊池氏はさすがに立派であったと思う。すでに横光の才能は検討していたし、新しい文学の開拓にかける情熱にも興味を持っていたと思う。そして、今目前にしてその誠意と矜持に感動したのであろう。やはり菊池の眼力に軍配を上げざるを得ない。この前年の大正九年、菊池寛は従来の純文学の境界を離れ、『真珠夫人』を大阪毎日、東京日日の両紙に連載（六月九日〜一二月二二日）し、通俗小説として新聞読者層を変え、婦人雑誌にも影響を与えた。

大正一一年（一九二二）二月に菊池の推挽で『南北』を『人間』に発表した。作品が商業雑誌に載ったのは利一にとって最初のことであった。菊池の義理で載せたようなものだから原稿料は出なかった。貧窮の中で五月に同人雑誌『塔』を創刊している。同人に中山義秀、富ノ澤麟太郎、小島勗らが参加している。利一は『面』を発表している。

この年、キミは日本高等女学校の三年に編入入学している。小島家には出入りしていたようであるが、叔父から財産調べのような駆引きを受けたり、泥棒扱いをされたり、散々の仕打ちを受けた憤懣を勗宛ての書簡にしたためている。

さらに利一に悲劇が起こる。八月二九日に父梅次郎が朝鮮京城府黄金町で客死する。『青い石を拾ってから』によって当時の状況を記すと――、

利一はちょうど東京から灘の中村嘉市の家に夜行で着いたばかりで、その翌朝、利一がキミ宛の手紙を書いていると、朝鮮からの電報を姉が受け取り早速二人で読んだ。利一はキミ宛の手紙の続きに「ここへ着いて一夜寝たばかり。今、父が頓死したと云って来た。これから朝鮮へ行く。私は父が好きだった。」と書き終わると、また一人汽車に乗った。朝鮮には母が一人待ってゐる筈であった。朝鮮では父の財産は何もなくなっていた。利一はキ

ミ宛てに朝鮮から「もう金がないから結婚できない。」という意味の手紙を書いた。住所は書かなかった。母と共に早期に朝鮮を引き上げ、父の郷里の九州のお寺でお骨納めを済ませ、灘の姉の家に立ち寄ってとりあえず母親の世話を頼み、上京した。利一にとって職業を探すのが急務であった。金は全くなくなった。一日に一度より飯が食へなくなった。こんなある日、キミの所に行ってみた。「まア、ひどい方」「全くひどくならなくては君が弱るよ。」その夜彼女から手紙が来た。「私はあなたが、譬へどのようにおなりになろうとも少しも心配なことはございませんの。お金のことなどはもう云っては下さいますな。私はお怨めしうございます。ただ私は私のお父うさまになって下さるあなたの父上がお亡くなりになったのが此の上もなく悲しうてなりませんの。」

利一は喜んで彼女を迎へることに決心した。

この頃『文芸春秋』創刊の話が利一の元に届いたようである。もちろん菊池寛の私費による新しい出版社の発足である。利一はこれに賭ける決意をした。「菊池寛は飾り気のない率直な人柄であったが、自分が苦労していたので人に対しては親切であった。義侠心も強く親分肌のところもあった。横光はその人柄に惹かれた。菊池氏の知遇を得たことは横光にとって、まことに幸運であった」(井上謙)。すぐに『塔』同人を辞めることを通告した。一月十円の同人費を仲間で持つ、という中山らの提案も断った。『塔』はそのまま廃刊になった。「横光は菊池寛のところへ、出入りしはじめて、新しい仲間をえたから、もう私たちと一緒にやるのが厭になったのだろう」(中村静子『弟横光利一』)。同人の心証をひどく害したようだが、利一も生活を懸けて切羽詰まっていた。小島勗との関係も決定的になっていった。

利一のためにあえて弁護すれば、後年『富ノ澤麟太郎』集(沙羅書店　昭和一一年一一月)を自らの編集で刊行しているし、富ノ澤亡き後、甲府で独り尼となって仏門に帰依された母親に終生援助を惜しまなかった。(『横光利一全集月報集成』井伏鱒二)

菊池寛は文藝春秋社を創設、私費で『文藝春秋』を創刊――。

大正一二年(一九二三)になると、いよいよ『文藝春秋』創刊号(一月号)(実際は大正一一年歳末)が発売された。菊池寛は「創刊の辞」に「私は頼まれて物を云うことに飽いた。自分で考えていることを読者や編集者に気兼ねなしに、自由な気持ちで云って見たい。友人にも私と同感の人々が多いだろう。又、私が知っている若い人達には、物が云ひたくて、ウヅウヅしている人が多い。一には自分のため、一には他のため、この小雑誌を出すことにした。」この自信は、一つは菊池自身の実力と、今一つは芥川や久米に代表される友人(同調者)と彼を中心とした若い人達(川端、横光ら)のバックがあったからである。創刊号の執筆者は菊池を除いて十八名で、横光もその一人であった。彼は「時代は放蕩する―階級文学者諸卿へ―」というエッセーを書いた。その中で、「階級文学の提唱は、最早や文学の世界にあっては時代錯誤である。」と階級文学を否定し、「時代の感覚が不断に新鮮であった事実の存続する限り、文学もまた新しい感覚を必要とする。」と新しい時代感覚「叡智に整頓されたる新しき感覚」の必要を強調し、彼の文学的立場―芸術至上主義的な―を明らかにした。

『文藝春秋』二月号は「菊池寛編輯」を謳い個人雑誌の色彩を強くし、編集同人制を発表し、川端康成ら十一名が成り、利一の名も加えられている。大正一二年五月の『文藝春秋』の最初の『創作特集号』に利一の『蠅』が載った。この特集号は別に「新進特集号」とも呼ばれ、利一の文壇的出発としての意義があった。さらに、同月菊池寛の推輓によって『日輪』が『新小説』（春陽堂　大正一二年五月）の巻頭を飾った。中山義秀は、「よそから見るとまさに暗闇の中からいきなり、光り輝く白日界に躍りだしてきた感じである。彼はもはや無名の一個人ではなく、社会的存在となった。余りのまぶしさに彼自身、目くらみしまいかと危ぶまれるばかり」と述べている。

菊池　寛

明治二一年（一八八八）一二月二六日生れ。

小説家、劇作家、ジャーナリスト、そして文藝春秋社を創設した実業家。大正一二年　私費で『文藝春秋』を創刊。大成功を収め多くの富を手にし、川端康成、横光利一、小林秀雄等の新進の文学者に金銭的援助を行った。

昭和三年（一九二八）第十六回衆議院議員選挙に落選。（東京一区社会民衆党）勿論横光も流行作家として応援に駆けつけている。

昭和一二年（一九三七）東京市会議員当選。太平洋戦争中、文芸銃後運動を発案し、翼賛運動の一翼を担ったために、戦後は公職追放の憂き目に遭う。「我々は誰にしても戦争に反対だ。然し、いざ戦争になってしまえば協力して勝利を願うのは、当然の国民感情だろう。」とは戦後の本人の弁である。

昭和二三年（一九四八）三月六日、失意のうちに狭心症のために没した。

麻雀、将棋、競馬にも熱中　日本麻雀連盟初代総裁を務めた。

利一は漸く細やかな生活の安定に安堵したのであろう。名古屋にいる親友の佐藤一英に、しきりに「兄朂氏を何とか説き伏せてほしい。頼めるのは君一人だ」と哀願している。一英氏がこのことに初めて触れ、『名古屋タイムズ』（昭和四五年二月一〇日）の『学生時代』に、担当の平松倫昭氏がその内容を次のようにまとめている――。

彼は立ち上がった。早速、小島家に乗り込み、横光にキミちゃんをと申し出たが、小島青年は即座に拒否した。その交渉は、教室でも、校庭でも幾度か執拗になされたが、小島青年の答えは決まっていた。「横光のようなブルジョア性の強い文学青年には絶対嫁にやらんぞ」一英青年もねばった。

「君がやりたくないという気持ちは分かった。しかし、キミちゃんは君の持ち物ではないはずだ。小島キミの意思をまず聞くべきだ。」

「キミはまだ子供だ。子供に意思もヘチマもない。だから俺が後見するのだ。」

—一英青年は最後の手をうった。彼女に会って横光が好きかどうか聞いたのだ。彼女は好きだといった。一英青年は命令するようにいった。

「では、キミちゃん、横光の処へ家出しなさい。」

—こうして横光夫人が誕生した。夏休みに入って一宮に帰省した一英青年の許にこんな葉書が来たのはそれから間もなくのことだった。〈キミちゃんが俺のヒザの上で眠ってくれた。ああ何という幸福〉—。

仲人役は一英氏で、それは茶碗酒の貧しい結婚式であったが、温かい友情と二人の情熱がそれを豊かにした。
この結婚に、「母は弟が嫁をもらうまでと云って、私の家に引き取っていました。が父の亡くなった翌年六月頃弟は東京から帰ってきました。そして小島勗という友人の妹をお嫁にもらうと云いましたので母は大反対でした。母も利一と一緒に家を持つためにあれこれと嫁を前から考えていました。九州の親戚の娘の話もあり、また京都の嵯峨の某家からは写真まで預かっていまして、大変気にいっていた様ですから、東京からもらうことは反対だったのでしょう。それに田舎育ちの母は丙午ということも気に入らなかったのです。男を四十人食べるとか」（中村静子『弟横光利一』）
静子は利一の肩をもって、若い者のことだから今更反対してもと、終始母親を説得に回っていたようであった。二人は初音館に同棲したようである。七月『碑文』が『第七次新思潮』に、八月『マルクスの審判』が『新潮』にと、同人雑誌でない文芸雑誌に載るようになった。文壇に出たといっても利一の生活はまだ貧しかった。キミは結婚後もしばらく国鉄に勤めていた。省線の駅に勤めて切符売りをしていたという説もあるが、キミの姉、しずの話では鉄道省で和文タイプを打っていたという。
大正一二年（一九二三）九月一日午前十一時五十八分、関東大震災に遭遇した。初音館は一階が座屈して二階だけが残った。九月一九日消印の佐藤一英宛ての葉書がその頃の事情を手短によく語っている――。

「拝啓　いかが。当方一同無事。家が潰れて了ったので小島の所へ避難して来ている。この家のものは皆無事。名古屋の方を僕の兄貴が廻つて来て東京へ来たが、君の方はいいと云っていた。安心している。先ずはお知らせまで。又、秋の頃に。此の頃は何か手紙も手につかないので失礼。」

利一は地震発生時、神田の東京堂書店に入っていたが、やっと春日町まで逃げ延びてくると、往来で菊池寛に遭った。菊池の家は無事であった。間もなく、利一は餌差町三十四番地（現文京区小石川一丁目～二丁目）の洋服屋の二階に落ち着いた。路地裏の汚い二階で、しかも一室しか借りられなかった。この頃、菊池が訪ねてきている。「君の家を書いた」と云ってゐた。実業家菊池として、混乱の中、同人の見舞いにわざわざ訪れる肌理の細かさに彼の成功の源泉があるように思う。一か月ほどしてまた近所に移った。ここからは中山義秀の『台上の月』が詳しい――。

私が訪れた時はその路地の表に近い、長屋の一つに住んでいた。二間ばかりの家で、いわゆる九尺二間の棟割長屋といった住居、あたりに同じような家がごみごみと建てこんでいる低地の街裏である。

しかしその日は初秋に近い明るい日差しが街いっぱいに照り輝いていて、低地のスラムといった暗い感じはなかった。格子戸をあけて声をかけると、中から現れたのは数えて十八歳になったはずの君子さんである。丸髷に赤手絡《てがら》をかけた新妻ぶりが、いかにもういういしい。入口に突立っている長身の私の顔を見るなり、

「あら」

そう叫んで閾ぎわに膝をついた。

「横光君はおりませんか」

「はい、生憎よそへ出てまいりましたの」

「そうですか。僕はこれから津へ帰るのですが、帰ったら宜しく伝えて下さい」

それぎりであった。私は在学時代ときどき小島宅を訪問したが、君子さんとは殆ど口を利いたことがない。横光が君子さんと婚約していることなど、後々まで知らなかった。彼女の姿がそれほどおさなげに、私に映っていたわけである。

私は横光の不在に失望しながら、初音町から本郷への坂をのぼってくるみちみち、横光の住居が貧弱だったのを意外に思った。尤もそのため新進作家としての彼の位置を、決し

て見くびったわけではない。
　棟割長屋でも、そこには後光がさしていた。君子さんは大柄な銘仙の単衣に浅葱の前垂れをかけ、安物のブリキ製の盥を使っていたが、彼女の顔の表情は幸福そうな微笑に輝いていた。

次いで、この家で母を引き取ることになるので、姉が母を連れて上京してくる——。

　キミちゃんは兄の勗さんに似て色は少し黒かったですが、やせ形の気のやさしい子でした。それでも母はこの結婚に不満だったのですから、あの子も間に入って気を使う風でした。私が上京して母とキミちゃんと三人で新宿のホテイ屋（今の伊勢丹）へ買い物に行ったことを覚えています。母の手前弟は遠慮してます。キミちゃんは洋傘や襟巻など平素欲しいと云っていましたので、それを買ってあげましたら大変喜んで、首にかけたりしてはしゃぎ廻っていました。其頃少女雑誌に何か童話のようなものを書いていたらしく「お姉さんわたし内職してますのよ」と自分の書いて載っている雑誌を見せました。その頃からもう身體も悪かったと見え、母もキミちゃんはときどきお腹が痛いと云ってやすむ時もあり、風邪ひくとせきと一緒に血のまじった痰も出るとか私に話してました。私はその頃から内心心配していました。（中村静子『弟横光利一』）

この暗い日常生活とは裏腹に利一の文壇活動はますます活発になっていった。一一月に『落とされた恩人』を『文藝春秋』に掲載。年が明け大正一三年（一九二四）一月、『芋と指輪』を『新潮』に、『敵』を『新小説』に掲載。三月、『文芸年鑑』の文士録に初めて名前が載る。六月、『赤い色』（後『赤い着物』と改題）を『文藝春秋』に掲載（以上、『横光利一事典』による）。刊行も盛んで、四月『創作春秋』（高陽社）に『笑はれた子』を収録。五月には菊池寛の推挽によって最初の創作集『御身』（金星堂）、及び『日輪』（文芸春秋叢書第二、春陽堂）が刊行された。『御身』の扉には菊池に対する感謝の気持ちを込めて──菊池氏に捧ぐ──と献辞がある。さらに七月に『現代作品選集』（文芸春秋同人集）に『赤い色』を収録（高陽社）、八月『幸福の散布』（新進作家叢書39新潮社）と続いて刊行されている。

大正一三年七月に、利一は兵役点呼のため本籍の大分県赤尾に赴いた。母は東京に残した。キミは一緒に付いて、静子のいた神戸でその帰りを四、五日待ち、それから二人で大津に行った。利一と静子がキミの体調について二人で相談し、この際、母親から離れて二人だけで気を遣わずに静養した方がよいことになったのであろう。さらに、家族で大津の鹿関町に住んでいた頃の見聞と思われるが、毎日牛の新鮮な血液を飲むことが結核の回復に有効なことを、静子が進言したようである。利一の九州行きの間にキミを説得し、大津の心当たりを探して、「子供のころ自分の家のあった疏水に面した鹿関町の（以前マギニスといふ英国人が住んでいました）角の二階を借りて一か月ばかりおりました。」（『弟横光利一』より）という展開になった。

「マギニスが住んでいた角の家」については、第二章で述べたように、地元の奥村角太郎氏のご協力によりご近所の古老の方の記憶をもお聞きいただき、一方で、私が大津地方法務局に赴き、「大津市鹿関町土地台帳」、公図等を調べ、以下の結論を得ている。即ち、

地番　第三十五番　七十一坪　屋敷番号七十一番

土地所有権移転　明治四十二年五月二十日　大津市坂本町九番屋敷　林　治三郎

とあり、家屋は把握されていないが、土地と共に家屋も所有権が移転した、と考えられる。

「鹿関町三十五番地」は、現在、大門通二百三十五番地（昭和四一年四月一日変更）となっている。昭和の初め頃、この土地は三分割され三軒の新築家屋に代わり、この家屋は今も存続している。利一が二階を借りた頃は、塀に囲まれた大きな邸宅であった。彼の書簡の住所に「鹿関町田村方」とあるが、この田村氏は三十五番地の土地家屋の所有者ではなく、借家人で、利一に二階を又貸ししたに過ぎない。この田村氏の経歴も、利一、静子との関係も不明である。一九七一

年のゼンリンの地図（長等小学校付近）によると、大門通二三四に田村というお宅があり、私も戦後此処の爺さんと知り合う機会があり、中村静子と同い年ぐらいに見えたので、私も、利一の逗留した家が「大門通234の田村氏」か、「マギニスが住んでいた角の家」か迷ったが、この「田村」は昭和一七年から昭和三七年頃まで住んでいた方（一九七一年のゼンリン地図に記載されている）で、ただの借家人であることが奥村氏の調査でも明らかになった。この頃の大津の町家は道路に沿ってすぐ建屋が並び、裏庭がある程度であった。従って、静子がお膳立てをして利一が借りたような家は元々外国人用につくった家であって、塀で囲むのはかなりの富裕層であった。

川端氏宛の書簡より推定すると、八月一日かその前日に、利一はキミと連れ立って鹿関町の田村方に入居している。

八月四日　大津市鹿関町田村方より本郷の川端康成宛

暫くここへ落ちつく心積に御座候。三井寺の下にて候。疏水の船の関門（ママ）に突き当たる音聞こえ申し候。西瓜がうまく候。石塔の傾く庭に水、打ちかけ居り候。夜は戸を閉めず火を消して相寝申候。苔は豊にて候。京なまり久しきことにて候へば、中川の行先き相知れ申し候はば御一報ありがたくと存じ候。

御身大切に遊ばされ候や、生命保険などお考へ無之やう願上候。

八月七日　大津市鹿関町田村方より東京市本郷区千駄木町三八牧瀬方の川端康成宛（封書・四百字詰原稿用紙二枚・ペン書）

お手紙拝見。御努力感謝いたし候。こんな所にゐるのがすまなく思ひ候。京都へ下さった手紙拝見仕らず候。残念に候。菊池氏へは京都にゐる時委しくお知らせいたしをき候。決して悪くはお思ひなさるまいと存ぜられ候。

貴兄編輯責任忝く存じ候。貴兄反感の矢面にお立ちになること甚だ残念に存じ候へども、その時は小生出来得る限りのことはいたすべく候。雑誌発刊の節は雑誌設立理由及び心理を書くことといたそうではございませぬか。その方が片岡氏にも君にもいかがかと存ぜられ候が。十月号の小説のこと。目下小生、十月号の改造のを一つ書き居り候に就き、あまり長きものは及ぶこと之れ難からんと存ぜられ候が、十枚ばかし小生の所予算にお入れ下され度く、右お赦し下されば好都合と存じ候。

喧嘩ばかりいたし候て、筆思ふやうにはかどらず。参り申し候。なるほどあの同人の顔ぶれでは犬養氏も押し出され候はんと微笑いたし候。

鈴木彦、加宮、佐々木氏入り候は小生にとりても喜ばしく候。とにかく、片岡、貴兄編輯となり候上は、皆もさう遊ぶことばかりは考えずと察せられ候。ただ皆々云ひ出すことに遠慮してゐるに過ぎず候へば皆々、形、はっきりと定まればいさぎよくお助けすることと存ぜられ候。何はともあれ感謝いたし候。早々。

この頃、東京では、川端、横光、今東光、片岡鉄平、十一谷義三郎、佐々木味津三、佐々木茂索、菅忠雄、石浜金作、中川与一ら十四名で、既成文壇の封建制を打破し大正文壇に新風を起こそうとした。『文藝春秋』が主に随筆中心で放言的であったことも若い人達にとって物足りなかった上に、六月に『文芸戦線』が創刊されたことも刺激となった。しかし、「既成文壇の打破」については、九名が『文藝春秋』の編集同人またはその傘下にあり、あまり積極的でない向きもあった。特に利一は菊池の世話になってきた面もあり、遠く離れていて気を遣うことも多かったようだ。

八月の鹿関町界隈は静かであった。疏水下りの観光客も夏場は少なく、上りの船を利用してきた八瀬の大原女が梯子や倉掛を売り歩く声がするぐらいである。蝉の声が疏水の堰を流下する水の轟音を引き立て、一層昼間の静寂を感じさせる。夕方はそうそうに道路に打ち水をして三々五々浴衣姿で牀机で涼む。子供の噪ぎがたまに聞こえる。

利一はキミの一日も早い回復を祈りながら、この静かな環境の中で初めての新聞小説に取り掛かった。『クライマックス』(後、改題『舟』)である。『東京日日新聞』(大正一三年八月一六〜二四日)に五回に亘り掲載された。舘下徹志氏の研究展望によると、「彼れの無骨な愛情表現に含まれる『思ふ』『待つ』などの和語が秘めた力が際立つが、『クライマックス』へ向かう状況を常に相対化する表現主体の語りに、恋愛小説や新聞小説の枠組みを差異化しようとする意図が読みとれる。」

私は、初めてこの小説を読んだとき、茶ケ崎から尾花川の湖岸を描いていることは「彼れがキャベツを船に投げ入れて対岸の街へ売りに行く」という情景より推量できたが、私が困惑したのは、「茶ケ崎」に「屠殺場」が設定されていることであった。私の少年時代(昭和一〇年代)には、この辺りは既に開発されて紅葉館という旅館とダンスホールになっていた。尾花川に屠殺場があったという話は耳にしたこともなかった。大津の常識では、屠殺場は旧東海道線の大谷駅の裏山にあたる相場山の山麓にあり、周りは人家もなく、大津の住民でもおそらく見た人は殆どいなかった。勿論写真も名前も記録されていない。しかし利一は見た可能性がかなり大きい。彼は山科・松本時代に、この前の東海道を度々行き来していたわけだから、大谷駅共々木柵の外から覗きに行ったと思われる。『クライマックス』の屠殺場の描写はよくできており、「庭には三頭の牛が殺されて横たわってゐた。血に染って突っ立ってゐる中央の柱には蠅が黒く群ってゐた。」といった表現は迫真である。

何年か前に私が大津に泊まった明くる日、ホテル近くの橋本町の牛肉屋「角萬」に寄った折、亭主に確かめてみた。矢張り私の思った通り大津の屠殺場の所在はもとから大谷のみで、この屠殺場は戦後も昭和三十年代まで続いたが、その後近江八幡の方に移転したとのことであった。亭主は私より若かったがさすが専門家で、—確か茶ケ崎には製氷会社（現在の地番、大津市茶ヶ崎二番地）があった—ことを教えてくれた。そして、—屠殺場へ氷を納入していた筈。従って牛の新鮮な血液を氷詰めにして持ち帰ることは可能であった—と。「名所旧跡大津市街地図」（文泉堂　大正三年）には茶ケ崎に〈近江製氷株式会社〉が記載されている。周囲は尾花川の畑地である。「彼れは幾本ものポプラの立木のわきを通って湖の岸へ出た。道は岸に沿って真っすぐに山の方へ延びてゐた。」茶ケ崎には細い川が千石岩の方からまっすぐ流れ下って一応小さな岬を形造っていた。ここでいう岸は湖の岸ではなく川岸であり川に沿って片側に所々ポプラの立木があったと思う。川沿いに一本道が畑地の中を通っていた。この発見によって、利一が鹿関町にやって来た理由が分かった。キミに牛の新鮮な血を飲ましたい一念である。私の記憶では、大津は戦前には結核患者が割合多かったようで、特に壮年期の患者が家の中でぶらぶらして静養している話をよく耳にした。戦前は、結核に特に効く薬はなく、体力をつけて自力で回復を待つより他、治療法はなかったようである。民間の伝承として、牛の新鮮な血を飲むような治

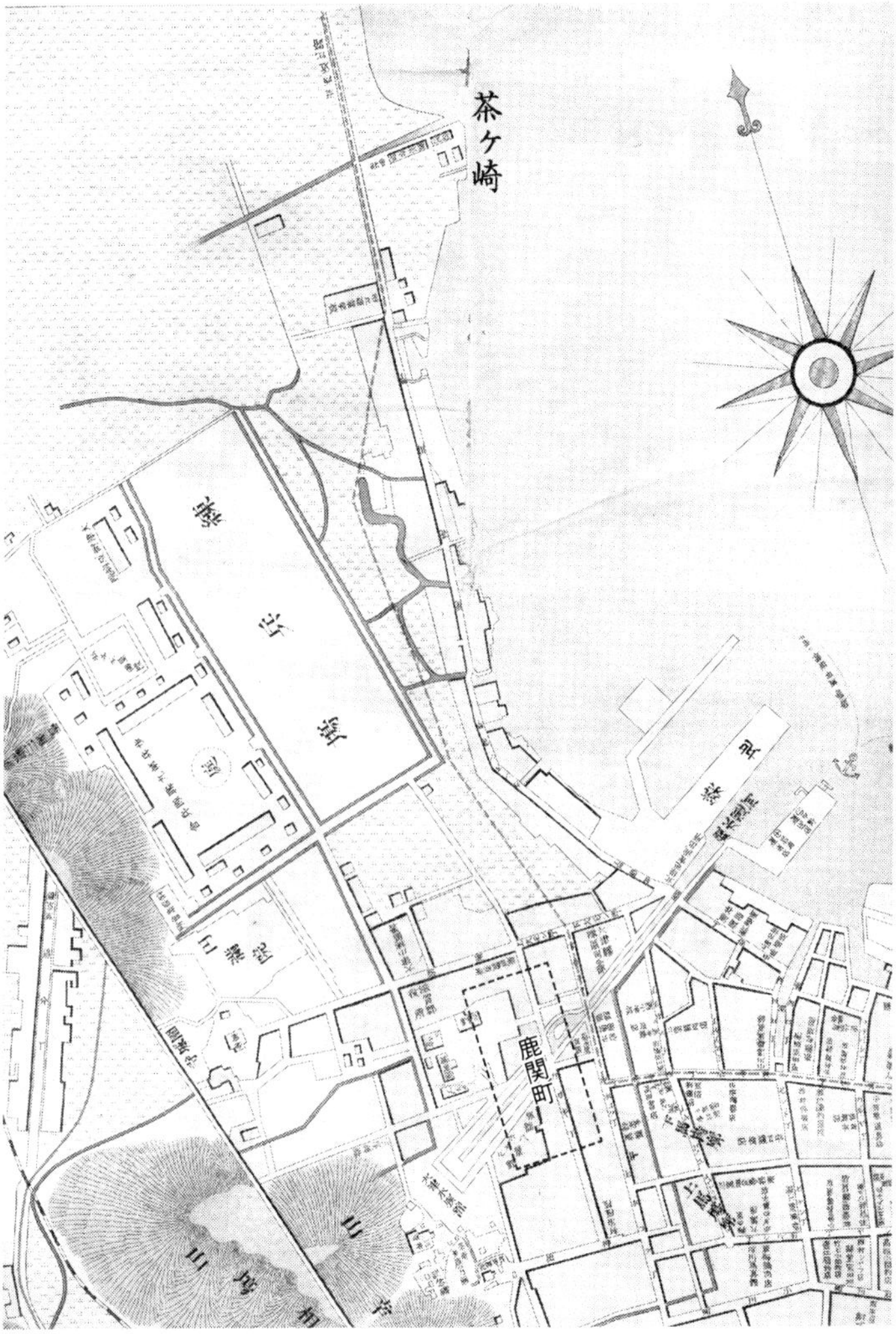

鹿関町～茶ケ崎（筆者加筆）

療法を頼りにしていたと思う。よく考えてみると、屠殺場が近くて静養できるようなところはあまり耳にしない。静子は良く見つけたと思う。鹿関町の家から茶ケ崎まで道なりで片道約一・三キロメートル位であり、小説にあるように、毎朝キミと連れ立って北国街道から畑道を抜けて湖岸の砂浜と畑の間を歩いて行ったのであろう。「畑から南瓜が湖の中へ這い込んでゐた。ゆるやかな波が南瓜の腹をだぼりだぼりと洗ってゐた。蜆とりの小舟が磯近くにとまってゐた。数点の帆が沖へ向かって竝んでゐた。」「路傍の蘆の中で雀の群が騒いでゐた。湖の水面で時々小魚が跳ね上った。」大津では大概夕方になると内湯ではなく銭湯へ行くのが普通であった。二人も夏の夕方連れ立って、近くの北国町の三井寺湯あたりに行って、利一の案内で中町筋の繁華街をぶらぶらするのも楽しみであったろう。「そこから私（静子）にも来るような手紙が来ましたから八月頃でしたか、一緒に附近を歩きました。二人にとって一番幸福であり、最後の楽しい生活だったと思います。」静子は、初めて大津にやって来たキミと連れ立って、あまりキミの体に負担をかけないように気を配り、電車や汽船に乗って夏の大津を案内してやったことだろう。鹿関町界隈では江若鉄道の三井寺下～叡山が開通（大正一〇年）して、三井寺下駅は本社も兼ねた大きな駅であった。石山～石場～浜大津間の電車も三井寺駅まで延長（大正一一年）されていた。疎水のすぐ傍である。そして、片道は三保ケ崎の波止場に着く汽船を利用するのも楽しかったろう。

静子は、「二人にとって一番幸福で最後の楽しい生活であった」と回想しているが、『クライマックス』を見ると、利一は最高の幸福の一隅にキミの体調について、愛していればこそ怯える極限の不安を感じていたように思う。佐山美佳氏が、「実生活においてこの後キミが結核を病み、その闘病と死の様子を作品化することになろうとは『舟』執筆時の横光が知るはずもない。だが、ここに表れた愛すべき〈異形〉の相は、不吉な運命の予兆であるかのように共通モチーフとして響き合っている。『舟』は〈病妻物〉との関連の中で再検討されるべき作品であろう。」と述べている。私も素人ながら同感で、さらに言うと、戦前と戦後で結核の意味が随分違うように思う。戦前は不治の病として、初めて吐血を見た時の本人をはじめ家族の不安は戦後と比べられないと思う。初期段階であらゆる治療法を試みようとするのが人情であろう。そして今後進むであろう病状に対して、各人色々の悩み事をもって対処したことだろう。『春は馬車に乗っ

尾花川と近江製氷株式会社　『滋賀県ガイドブック』２巻（大正元年発行）より

て』はもう結果がはっきりしたあきらめと、残り少ない二人の愛情をどう確かめるかという物語であるが、鹿関町滞在時は、何とか家族で力を合わせて一つの命を救済したいという段階ではなかったかと思う。静子によると、二人は一か月ばかりこの地に滞在したようである。

九月上旬に、利一とキミは母小菊の待つ東京の餌差町の家に戻った。利一は『文芸時代』の創刊で忙しいようであった。そんなある日、キミと一緒に郊外へ家を見つけに出掛けた。一日歩き疲れた末に、「ここはいいね。高いし、庭は広いし、花はあるし、朝起きても日にあたれるし」ということで、二人で気に入って家の中身をよく吟味せずにその家を借りることにして、一週間後に引き越してきた(『美しい家』)。

佐藤一英宛ての引っ越し通知が残っている——。

九月二十九日消印　佐藤一英宛

小生左の処へ転居いたしました。ご通知申上げます。九月二十七日

東京市中野区上町二八〇二　　横光利一

「畑の中の一戸建で、周りは生垣で囲まれ、廊下のガラス戸越しに庭もながめられるという瀟洒な住宅、初音町の長屋住まいとは較べにならぬ。」と、中山義秀は『台上の月』で日の出の

勢いの新進作家の利一を羨ましがっている。しかし内実はそうでもなかった…。

一〇月、待望の『文芸時代』創刊号が発刊された。利一は『頭ならびに腹』を載せ、編輯は川端康成、片岡鉄兵が当たり、利一は「新しき生活と文芸」（創刊の辞に代へて）と題して川端らと寄稿している。千葉亀雄は「文芸時代派の人々の持つ感覚が、今日まで現はれたところの、どんなわが感覚芸術家よりも、ずっと新しい、語彙と詩とリズムの感覚に生きて居るものであることはもう議論がない。」とその行動を高く評価した。その時彼らの文学的傾向を「新感覚派」と名付け、世間でもそう呼ぶことになった。雑誌は壱弐月までに参号が出て刊行は順調であった。新年号から利一と佐々木味津三が編集を担当した。

一一月二九日消印　中野区上町二八〇二より　東京市本郷区一九〇豊秀館　川端康成宛（封書　四百字詰原稿用紙一枚・ペン書）

前略　委細承知仕り候　今日は〆切三つひかへてゐるので多忙に候

それに二三日前から姉が上京して来て厄介。　帰れ帰れといって昨夜帰して了ひ候

先は云うこともなくして秋の暮

利一の手紙の文面は気楽そうに書いているが、内容はかなり深刻であると思う。恐らくは小菊が思い余って静子に自らの境遇を伝え、利一を説得してくれるよう依頼したものと思われる。利一が完全にキミに傾き、小菊は一部屋を与えられて独り淋しい日々を送っていたと思われる。静子の説得は利一の文面よりしても不調に終わったと思う。四人の誰にとっても残念な別れであった。静子にとっては母ともキミとも最後の別れとなった。

静子が帰った後、母は毎日庭に出て隣家の主婦と垣根越しに新しい友情を結び出した。暇さへあれば、彼女は額に手を当てて木の間から故郷の方を眺めていた。ある日、「アッ」といったまま死んでしまった（『無常の風』）。利一が久しぶりに散歩に出た留守の間のことであった。

故郷

樹を越して　故郷を望む母　死せり　（全集第十五巻641頁）

大正一四年（一九二五）一月二七日、享年五十五歳。（井上氏）

岸宏子（小菊の長姉、きんの孫娘）の『横光さんの背中』によると――、

横光さんの母親の小菊は、亭主の遠方出張中は無論だが、未亡人になってからも、何十日も岸のうちで泊まり込んで、布団の仕立て直しや着物の洗い直しを手伝ってくれたそうだ。六人も子を持ち、しかも甲斐性のない亭主を助けて働く母は「横光の小菊おばはんに手伝

うてもらうのはほんまに有難かった」という感慨を死ぬまではなさなかった。人柄がよく、おっとりとしていて、意地の悪いことなんかこれっぽちも言わず。よく働いて私の母を助けてくれたそうである。

「その小菊おばはんが…」と、母はそこまで来ると必ず涙声になった。

赫赫たる名声の息子のところに、晩年、引き取られて行ったが、暫くしたら、長い長い、畳二枚分ほどの巻手紙が母のところへ来たそうである。くり返しくり返し書いてあったのは、

毎日がつらい。伊賀へ帰りたい。ただただ伊賀へ帰りたい—、と。

母は憤然と床を叩いた。「なんぼえらい小説家か知らんけど、親をこんな思いさせるあの子、あかんわ！」母はすぐに返事を書いた。

どうぞ、頼むから帰って来てくれ。うちでわたしと一緒に暮そう。名古屋まで何とか帰ってこれないか。名古屋のかくかくしかじかのところに、わたしの兄がいるから。其処まで帰って来てくれたら、私、迎えに行くから。——それへの返事はなかった。

やがて暫くして流行作家横光利一氏の母親の死を、母は人づてに聞いたのだった。横光家からは何の通知もなかったそうである。

利一は中野の家に引っ越してすぐ、この家を急に「いやだ」と思った。どうしてこの明るい家の中に、こんな暗さがあるのだろうと考えた。北側に一連の壁がある。これだ。然し知らず知らずのうちに忘れていった。しかし母がなくなると妻が床についた。「私、ここの家を変わりたい。ね、家を探してよ、私、もうここは嫌い。」もうその時は妻の身体は絶対に動かすことができなかった。そして再び夏が来た。（以上、『美しい家』）

菊池寛の紹介で正木不如丘博士に診てもらった。利一もできるだけの手を尽くしたようである。然し病状は決して好転はしなかった。一〇月、正木博士から転地を奨められ、菊池の紹介でキミを連れて神奈川県葉山町森戸に移っていった。逗子の近くの避暑避寒に良い風光明媚な海浜の地であった。森戸の家は利一が住み、キミは近くの病院に入院し、毎日病院へ通った。こうして『春は馬車に乗って』の生活が始まった。

キミにとっては、やはり利一と二人で過ごした大津の鹿関町の夏が一番幸福で楽しい時であったようだ。

第六章
利一と大津との縁

利一は昭和に入ってもたびたび大津を訪ねている。また、東京に居ても文人らとの交友を通じて、大津には特別の思い入れがあったようである。ここでは、「利一・大津」をキーワードとして縁の深い作家について記述する。

先ず、私が最初に挙げるのは、詩人　北川冬彦である。

北川冬彦（本名・田畔忠彦）明治三三年（一九〇〇）六月三日生れ、平成二年（一九九〇）四月一二日没。父の仕事の関係で満州育ち。旅順中学で五年間を過ごし、大正八年（一九一九）第三高等学校入学、大正一一年（一九二二）東京帝大法学部仏法入学、大正一四年同文学部に入学、中退。三高で顔見知りだった梶井基次郎の勧誘により大正一五年より『青空』同人となる。

『私と琵琶湖について』（『わがふるさと近江Ⅱ』）で石場の波止場と利一について述べている――。

私は琵琶湖の湖南、大津市に生まれた。父の職場は国鉄で、その頃大津駅の駅長だった人に見込まれてその娘を妻にもらった次第だったようである。父の仕事はトンネル工事で長期出張のため、母は大津の里へ帰って私を生んだのだそうだ。家は琵琶湖めぐりの汽船が出る波止場の近くにあった。

父は日露戦争が終わって設立された『満鉄』へ入社、私が小学校一年生の一学期に満州へ連れていかれ、中学卒業まで私は満州の地で過ごした。だから、ふるさと大津は私の幼年時代である。私が小学校へまだあがらない頃、波止場付近でよく遊んだ。

横光利一の初期の短編に、「落とされた恩人」というのがある。神系衰弱気味の主人公が波止場で、渡してある板の上で遊んでいる子供がいまにも落っこちそうでハラハラしているうちに、自分が落っこちてしまうという話だが、横光氏の生前に、「あの波止場は馬場じゃないですか」と私が訊ねると、「そうだ」と頷いた。情景が私のよく遊んだところそっくりなのだからである。実は私も落っこちて、すんでのところで溺れ死ぬところだった。

文中、大津駅とあるのは馬場駅のことではないか、また、馬場の波止場とは当時の湖南汽船の栈橋は、普通の和船を舫う木杭と板張りの石場の波止場と思う。利一の『落とされた恩人』の栈橋は、普通の和船を舫う木杭と板張りの栈橋で石場の船着き場の近くではないかと思うが。何れにしろ、文豪と大詩人が生涯の友誼を結ぶ契機が石場の栈橋というのも嬉しい話である。

二人が知り合う契機を、北川は、「大正十四年の初め、東大卒業の記念に出した二十頁のパンフレットといってよい『三半規管喪失』という詩集を未知の横光利一氏に贈呈すると、思いがけなくもお手紙を頂戴し、次の年に詩集『検温器と花』を出し、思い切って持参したことに始まる。その後、私は自分の詩集に序文を書いてもらおうと思うと、横光利一氏より以外の人はなく『戦争』と『花電車』に書いてもらった。」（『定本横光利一全集』月報十二）と述べている。『戦争』は、当時北川が左傾化して利一とは思想的に必ずしも相容れるわけでもなかったと思われるが、同郷で親しくしていた北川の晴れの出版を祝福する気持ちが大きかったのであろう。また『花電車』については逆に戦後、困難な時期にあった利一に、北川が永年の友誼に変わりないことを示した申し出であった、と思われる。勿論利一は序文をしたためているが絶筆に近く、『花電車』（寶文館　昭和二四年六月五日）の発行を見ることなく逝った。二人が共に多摩霊園に眠っているのも必ずしも偶然ばかりではなかろう。

以下に、『青空』同人らと、利一との係りについて述べる。

大正一三年（一九二四）八月、利一がキミを連れて大津鹿関町に一か月逗留したその同じ年の一二月二三日に、『青空』同人の梶井、淀野、浅沼、外村、清水（画家）で、同じ鹿関町の県立公会堂で講演会を開いている（中谷孝雄「梶井基次郎」）。利一の逗留した家のすぐ裏手の近くである。この界隈も当時は文学の香りが高かったのだろうか。尤も時期も悪かったのか、聴衆は僅か七人だったようである。利一、川端らが大正一三年一〇月『文芸時代』を創刊した時も、『青空』の同人、中谷、外村、武田、淀野、梶井らは、北川を除き、川端以外をあまり評価していない。しかし、利一は北川の依頼によるのだろう、梶井基次郎の作品について、今読み返しても正しい評価をして広告文を書いている。（『定本横光利一全集』補巻）

『梶井基次郎全集』昭和九年三月二四日　六蜂書房　内容見本

「梶井基次郎氏の作品―静というものをこれほど見極めて描いた作品はまだ日本に一人もゐなかったと思ふ。氏の全集の読者は年々増加していくばかりだと思ふ。」

『決定版梶井基次郎全集』昭和二二年一二月二〇日　高桐書院　内容見本

梶井氏の作品

「梶井氏の文学は、日本文学から世界文学にかかっている僅かの橋のうちのその一つで、それも腐り落ちる憂ひのない勁力のものだと思ひます。真に逞しい文学だと存じます。」

中谷孝雄は戦後、石場の近くの義仲寺の無名庵の庵主になっている。尋常高等科の利一がよく遊んだ寺である。

外村　繁（本名・外村茂）明治三五年（一九〇二）一二月二三日生れ、昭和三六年（一九六一）七月二八日没。滋賀県神崎郡五個荘村金堂出身、滋賀県立膳所中学校卒、第三高等学校文科甲類卒、東京帝大経済学部卒。大正一四年（一九二五）一月、梶井基次郎、中谷孝雄らと同人誌『青空』創刊。外村繁が『横光さんの思い出』（『改造社版横光利一全集』月報第十二　昭和二四年三月）で語っているところでは—、

しかしいつともなく、私は横光さんの作風に同感できなくなってゐる自分を知った。というよりは『機械』や『時計』や『寝園』などという総ての陰影を切り捨てた鋼鉄の構造物のやうな、観念の厳しさに、私の甘い観賞が激しい拒絶を感じたと云ふ方が正しいかもしれない。或はまた、当時、「小説の神様」とまで言はれたやうな偉大な存在に対して、私の若さが子供らしい反発を手伝はせたがったとも言ひ切れない。

北川はよく私に言ったものだ。

「君が横光さんに同感しないはずはないよ。そんなはずはないよ。」と。しかし私は頑に自説を曲げようとしなかった。私は一度だけ横光さんに会っている。私が銀座裏の酒場へ檀一雄と一緒に入っていくと横光さんがゐた。横光さんがヨーロッパから帰朝間もなくの頃であった。檀に紹介されながらためらっていると、「君は終始一貫僕には反対なんだから、それはそれでいいんだよ。」返す言葉もなかった。いかにも横光さんの風格がさっと一閃したように思はれ、横光さんの大きさと、同時に厳しさに深い感銘を受けたのである。

これより前であったか、後であったか、私は一度横光さんから手紙を頂いたことがあった。私が拙著『草筏』をお送りしてから約1年ほど後のことであった。「江州がよく出ていますので僕も一つ伊賀を書きたいと思ったりしてをります。」と云ふやうな親身の言葉も書き添へられてあった。今更のことながら横光さんほど絶えず独自の境地を拓こうとして、それが苦渋に充ちてゐればゐるほど、不羈《ふき》な格闘を続けた作家は珍しいであらう。

因みに、外村と同じ五箇荘村金堂出身の作家に、辻亮一（大正三年九月二八日生れ、平成二五年三月六日没）がいる。彼は同郷の外村の紹介で『新小説』に『異邦人』が掲載され、第二十三回「芥川賞」（昭和二五年上半期）を受賞している。

『青空』同人以外の作家との交流のなかで大津を訪れている人々を見てみる。

八木義徳　明治四四年（一九一一）一〇月二一日生れ、平成一一年（一九九九）一一月九日没。室蘭出身、昭和一三年（一九三八）早稲田大学仏文科卒。早大在学中より利一に師事しながら昭和一二年『海豹』で文壇デビュー、勤務地の満州奉天での見聞をまとめて、満州理化学工業の中国人の工員をモデルにした「劉広福」で第十九回「芥川賞」（昭和一九年上半期）を受賞。『土の落ちぬ璞』（『横光利一全集』河出書房新社の月報1）のなかで利一を偲び、「霊柩車へ柩を運んだ一人で若い弟子であった。」と述べている。また、『現代日本の文学15　横光利一集』（学習研究社　一九七三年）に「師の跡を訪ねて―横光利一文学紀行」を書いている。要点のみ引用する―。

まず三井寺に詣でた。（略）私は観音堂の横から急な石段を下り、疏水に沿った坂道の右側に『御身』の可愛らしい女主人公の生れた家があったと横山昌子夫人からきいたからである。だが、この辺りに住む三、四人のひとに質ねてみたが、五十年前にあった鉄道官舎を思い出してくれるひとは一人もいなかった。

八木の紀行文には重要な証言が含まれている。以下、想像を交えて私見を箇条書きにして記しておく。

一、八木は利一の親密な弟子であったが、彼さえも利一の生い立ちについては何一つ聞かされていないこと。

二、横山昌子から直接か、または記者などから間接的にヒアリングした話から、次の可能性が大きいことが推察される。

(1)昌子が育った松本宮前の家は鉄道院の官舎であったこと。

(2)鹿関町の住宅については、恐らく母静子から生前に聞いた話と思われる。京都市疏水事務所が第二疏水の建設にあたり、外部の技術者用に近くの民間住宅を借り上げ社宅として無償提供し、長期雇用の現物支給として雇傭の安定を図ったと思はれる。横光一家の住んでいた六十六、六十八番屋敷はその可能性が高い。また、マギニスが住んでいた角の家も民間に建て替えさせて外人技術者に無償提供した可能性が高い。（第二章、第五章参照）

矢倉　年　伊賀上野生れ、上野中学卒で利一の後輩、昭和一七年甲鳥書林（出版社）を創始。

庄野　誠一　明治四一年五月九日生れ、平成四年一月二五日没。東京芝生まれ、慶応義塾大学文学部仏文科中退。水上滝太郎に師事し、昭和四年より『三田文学』に創作発表、病気療養後の昭和一六年（一九四一）〜一七年に『文学界』編集長、文藝春秋、養徳社に勤めた。利一の没後、『文体』（北原武夫編集）に『智慧の環』（『文体』二号　昭和二三年五月）を発表。

この二人は利一と一緒に大津行をしている。

まず、矢倉氏の旅行記『横光さんとの旅』（『山望』第三号　昭和二三年七月）によると、利一は昭和一六年五月一一日、伊賀上野の阿山女学校で講演した。東京の文壇で成功後、初めて伊賀に戻ってきたわけである。その後は多忙な彼にしては珍しく個人で自由になる日程を二、三日用意していたようである。

五月十二日若葉日和で、三人は横光さんの希望で、出町柳から比叡を越して琵琶湖へ出ることになった。日吉神社参拝後、坂本から電車で疏水に出て三井寺へ行った。疏水に沿う川魚の佃煮屋で鮒の佃煮のことを聞いて見た。横光さんの話ではこの佃煮は評判のおいしい店だそうな。（略）横光さんには大津はその両親の家があり、ここで送った少年頃の記憶がとても懐かしいらしい。私たちが連れてもらったところは皆、横光さんの少年時代の足あとのあるところばかりなのだ。最後は琵琶湖の料理を食わせるという大きな臥した松のある湖に近い料理店に連れて行ってもらって御馳走になった。これも横光さんの例の記憶に残る一つであったので、そこの人としきりに近所の古い人達の話や、横光さんの幼い頃の友だちの話が出ていた。（略）京津電車で宿に戻ったのが七時半過ぎ、京の街は暮れかけてゐた。（『横光さんとの旅』）

次に、庄野氏の『智慧の環』の一節を引用する――。

（三井寺の山門の前の大門坂を下り）海岸の近くまで来たとき、「重松さん（利一のこと）、大津に有名な川魚屋があるそうですね、母がよくいってましたけど…。」と僕が、自然に話しかけられる話題が見つかったので、眉をひらいて声をかけると、重松さんは俄かに顔を輝やかし、「大安へ行ってみよう。あすこの鰻は日本一ですからなァ。」と先に立って後ろへ戻り、街角をきよろきよろしながら曲がり、一軒の料理屋へあがった。重松さんにとって、食物は文学に次ぐ楽しみのようだった。どこかへ食ひに行くときでも、それまでは皆と肩を並べて歩いているのに、その家の四五間手前まで来ると俄かに歩調が小刻みになり、見る見る先に塩を蹴って行く。そして磨き上げた敷台にさっさとあがり、女中よりも先に立って座敷へ行き、必ず床前に坐って後から来るものを待った。その足どりの若々しさは、変に生き生きと見えるのだった。

「ここの鰻を食ったら、東京の竹葉や宮川なんか食へませんよ。陛下の召上るのは、ここの鰻ですからなァ。東京の鰻は身が柔らかで全然味がない。」（略）料理を注文して待つあひだ、重松さんは安井君（矢倉氏のこと）を相手に、ひとしきり川魚料理の講釈をした。（略）もう外は暗くなってゐた。三人はただ黙々と京都行きの電車を待ち、洋服の襟を掻き合せたいような冷えを感じてゐた。電車に乗ってから三条の終点まで、安井君がしきりに話題をもちかけていた。

ここで私が嬉しく思うのは、関西へきて自由になる日程の中でどこを希望するかという時、利一が選んだのは今まで何度も行っていたにも拘わらず、大津行を先ず選んでくれたことである。

後半の庄野氏の文章に出てくる「大津に有名な川魚屋」とは恐らく石川町の「阪本屋」のことだと思われる。鮒ずしで有名である。

昭和一六年というと私は西尋常小学校の四年生であり、三人がぶらついた辺りは私もよく知っている。しかし矢倉氏の旅行記に出てくる、疏水に沿う「川魚の佃煮屋」の名店というのは記憶がない。当時この界隈には疏水に沿って疏水亭、そして菊屋が下北国町にあった料亭であることは覚えているが、川魚屋は思い出せない。さらには、鰻を食べに利一が案内したという「大安」という料亭については店名からして全く知らない。戦前の大津では、子供を連れて料亭に上がるような習慣は元来なかったし、鰻料理は京津電車の大谷駅近くの「かねよ」が有名で、私も曾祖母に連れられてたまに行った覚えがある。利一が料理屋の人と幼友達や近所の古い人の話をしている様子から、矢張り鹿関町か、西尋常小学校があった今堀町の近くになろう。実際に料亭「大安」に上がったのは、キミと逗留した大正一三年（一九二四）の可能性が大きいと思う。

以上のほかに、菊池寛ら十数人と大津三井寺を訪れている。年月日がはっきりしていないが、恐らく昭和一〇年代であろう。『小島政二郎全集』第五巻（鶴書房版全集）八十頁に、その時の旅が寸描されている――。

二度とできないくらい楽しい旅の一つとして、時々思い出すのは、お寺に凝って大勢で美術行脚をした旅のことだ。
菊池寛、久米正雄、横光利一、川端康成、片岡鐵兵、高田保、佐々木模索、内田水中亭、宮田重雄、益田義信、寺田栄一、広津和郎、その他何人かの出入りがあったが、楽しい、一生忘れられない面白い旅だった。それに解説者として専門家の森暢君が同行してくれた。

大勢の熱心さで、個人で行っては見ることの出来ないお寺や、什宝を見せてもらった。例えば、法隆寺の夢殿観音、観心寺の如意輪観音、高野山の赤不動など、どうしても見せてもらえなかったのは三井寺の黄不動だけだった。大徳寺の真珠庵も、個人で行ってなかなか見せてもらえず、この美術行脚の時見せてもらった。

私が記しておきたい「利一と大津の縁」は以上である。

最後に、姉静子のその後について、わかる範囲で記しておく。

中村静子のその後

夫、中村嘉市が島根の一畑電鉄を退職後、故郷の滋賀県栗太郡治田村渋川に住まわれたと思われる。

「横光利一氏と柘植」の建碑趣意書の経過を読むと、この建碑の計画は利一の同級の友人、沢田善一氏、片岡作蔵氏らが建設を発起、趣意書を起案。齊藤昇氏の斡旋により川端康成、中山義秀、犬養健、斎藤昇氏が発起人となり各方面の援助を要請された。昭和三〇年（一九五五）四月のことであった。

松尾早次氏の顛末書に依ると——、

その頃、彼の姉静子さんが草津に居られるのを幸ひ、親しく沢田君の宅へ呼んで、澤田、片岡、私(松尾)と親しく昔話にふけり、今度の企てをもらしたところ、大変なよろこびであった。

その後なかなか捗らず、一方また横光利一氏の実姉中村静子女史は昭和三十四年十一月五日にご逝去された。川端康成先生のご来町、斎藤昇先生のご帰郷のことなどあり(略)、年の瀬迫る昭和三十四年(一九五九)十二月十五日小雨の中、除幕式が挙行された。川端康成、中山義秀、白川渥などが出席。

蟻　台上に飢えて　月高し　(碑文)

除幕式までのあと一月余を待てずに逝った姉静子にとっては、さぞ心残りのことであったろう。

あとがき

平成一四年（二〇〇二）初夏、所用で伊賀上野への旅をしているときのことである。前夜、草津に泊まり草津線経由で柘植にて関西本線への乗り換えの合間を見計らって、かねてから果たしたいと思っていた《横光利一文学碑》を訪ねた。隣接する資料館も見学し、霊山を眺めることもできた。片道一・五キロメートルの道を急いで駅に戻ったのを覚えている。更に「横光利一と柘植」や町のカタログも送って頂いた。

横光利一が郷土の文豪として、今も大切に記念されていることを知った。

他方、『横光利一事典』を見ると、文学図案内に大津の街が掲載されていないのを知って、がっかりした。

爾後、関西行の合間を縫って、大津の現地を調査したり大津関係の資料を収集しているうちに時間が経って了った次第である。

今、出来上がった原稿を眺めると次の点を明らかにしたと思う。

一、鹿関町の屋敷番号と地番との照合、住所を移った経緯

二、肥前町の住所の掘り起こし
三、松本宮前の場所の推定、馬場（旧大津）駅との関係
四、『姉弟』の夫々の場面の場所の推定
五、大正一三年（一九二四）夏、利一とキミが大津に逗留した経緯と『クライマックス（舟）』との関係

利一がキミの健康恢復に懸命の努力をしていたこと、静子の親身な協力を改めて記しておきたい。

大津を去ったのはキミの意志で、牛の血に余り効能を認めず、東京に戻り名医に診てもらうことを希望したのではないか、また、大津に逗留している間に、姑との軋轢に打勝つ自信を得たのではないかと思う。

資料のない点は、周辺の資料より推測して独断で割切った。

六、父、梅次郎が第二疏水の工事から宇治川電気の工事に移った経緯、両方に勤めた理由
七、肥前町への移住の背景

今後、更に詰めたい点としては次のようなことがある。

・〈大安〉等、庄野氏の『智慧の環』に記載されている店の存在を特定すること。
・「街へ出るトンネル」の原形を、宇治川電気の建設工事資料の中で確認すること。
・第二疏水の計画段階に於ける梅次郎の役割と仕事振り。

本稿を纏めるにあたり、諸文献にお世話になった。

就中、利一の生い立ちから東京での文壇デビュー迄の経歴については、井上謙氏に殆ど基いてまとめさせて頂いた。また、事実関係の確認には、中村静子氏に拠る所大である。父の宇佐時代の来歴については梅田卓氏に依った。

現地調査に当っては地元の奥村角太郎氏のご協力に助けられた。

茲に、特に記名させて頂き厚く感謝申し上げる。


大津には横光利一を記念するものは何も残っていない。が、疏水の堰を流下する水の轟音は今後もずっと変ることなく続いてゆくだろう。心ある人は、この水音に《横光文学》を思い出して欲しい。

身内のことになるが、本稿をとりまとめるにあたり、実弟・河瀬章貴（長等小学校三年まで大津在住）が、大津の現地調査の段階から草稿の校正に至るまで、積極的に協力してくれた。

また、サンライズ出版株式会社岩根順子社長、山崎プランニングの山崎喜世雄さん、米田収さんには最後までご尽力いただいたことを感謝申し上げる。

横浜にて

平成三〇年一二月

参考・引用文献

『定本　横光利一全集』河出書房新社　一九八一年
『琵琶湖疏水の100年』（叙述編／資料編）京都市水道局　一九九〇年
『弟横光利一』中村静子　『横光利一読本　文藝臨時増刊号』　河出書房　一九五五年
『横光利一　評伝と研究』井上謙　おうふう　一九九四年
『伊賀百筆　vol.18』伊賀百筆編集委員会　二〇〇九年
『青春の横光利一』横光利一研究会編　一九九〇年
『横光利一　人と作品』福田清人／荒井惇見　清水書院　一九六八年
『台上の月』中山義秀　新潮社　一九六三年
『京都都市計画第一篇　琵琶湖疏水誌』田邉朔郎　丸善　一九二〇年
『琵琶湖疏水略誌』京都市電気局　一九三九年
『大津の道』大津市　一九八五年
『大津の名勝』大津市　一九八九年
『大津　歴史と文化』大津市　一九八四年
『近江の峠』伏木貞三　白川書院　一九七二年
『ながらのさくら』西川太治郎　一九二七年
『大津の鉄道百科展』大津市歴史博物館　一九九八年
『大津百町ガイドブック』　大津市歴史博物館　二〇一三年
『滋賀県ガイドブック』２巻　一九一二年
『横光利一と関西文化圏』田口律男他　松籟社　二〇〇八年
『横光利一の芸術思想』由良哲次　日本図書センター　一九八四年
『論攷横光利一』濱川勝彦　和泉書院　二〇〇一年
『横光利一―瞞された者―』玉村周　明治書院　二〇〇六年

『大津市立長等小学校100年のあゆみ』長等小学校開校100周年記念事業会　一九七三年
『日本の民俗　滋賀』橋本鉄男　第一法規出版　一九七二年
『横光利一事典』井上・神谷・羽鳥編　おうふう　二〇〇二年
『湖国と文化　6号』滋賀県文化体育振興事業団　一九七九年
『青山学院大学文学部紀要46号』　横光利一における「父なるもの」　日置俊次
『国文学解釈と鑑賞』二〇一〇年六月
『横光利一氏と柘植』横光利一文学碑建設委員会編
『滋賀の文人　近代』山本　洋　京都新聞社　一九八九年
『わがふるさと近江Ⅰ』徳永真一郎・藤井真斉編　教育出版センター　一九七七年
『わがふるさと近江Ⅱ』山本　洋・藤井真斉編　教育出版センター　一九七七年
『龍谷大学論文集』『横光利一研究第七号』　横光利一研究会　二〇〇九年
『舟』『横光利一研究第七号』佐山美佳　横光利一研究会　二〇〇九年
『ふるさとの想い出写真集　明治大正昭和 大津』国書刊行会　一九八〇年
『現代日本の文学15　横光利一集』　学習研究社　一九七一年
『大津の映画館』　大津市歴史博物館　一九九八年
『古地図が語る大津の歴史』　大津市歴史博物館　二〇〇〇年
『近代作家伝　上巻』村松梢風　創元社　一九五一年
『大津の社』　大津市歴史博物館　一九九二年
『近江八景の幻影』M・ダウテンダイ著（改訂版）　河瀬文太郎・高橋勉訳　大津市　二〇一五年
『いのちは青くもえている』岸　宏子　甲文社　一九四九年
『釧路工業高等専門学校紀要第26号』　一九九二年
『大津市の植生と鳥類』小林啓介編　大津市　一九八一年
『横光利一の文学と生涯』由良哲次編　桜楓社　一九七七年
『大津名勝案内』中村紅雨　一九一五年

協力者一覧

上野高校同窓会文庫
京都市上下水道局総務部総務課
天理参考館
京都国立博物館
大津市歴史博物館
国書刊行会

■著者略歴

河瀬文太郎（かわせ・ぶんたろう）

1932年大津市生まれ。1944年大津市立長等国民学校（西小学校の後身）卒。滋賀県立膳所中学校、膳所高等学校を経て、1954年京都大学工学部化学工学科卒。昭和電工㈱専務取締役、昭和高分子㈱社長を歴任。横浜市在住。

主な翻訳書:『近江八景の幻影(改定版)』(M. ダウテンダイ著／高橋勉共訳)大津市発行。『ヴュルツブルクの詩人　マックス ダウテンダイ』（ガブリエル・ガイリッヒ著）大津日独協会発行。

主な著書：『扇町さくら（アンモニア製造八十年の物語）』昭和電工㈱川崎事業所発行。

横光利一と大津

2019年2月1日　第1刷発行　　N.D.C.914

著　者　河瀬　文太郎

発行者　岩根　順子

発行所　サンライズ出版株式会社
〒522-0004 滋賀県彦根市鳥居本町655-1
電話 0749-22-0627

印刷・製本　サンライズ出版

ISBN4-88325-654-9　Printed in Japan　定価はカバーに表示しています
乱丁・落丁本はお取り替えいたします。